Thomas Brezina

# HOT DOGS

## — STARKE Jungs – streng GEHEIM! —

Die Lehrer-Fernsteuerung

Illustriert von
Betina Gotzen-Beek

Schneider Buch
EGMONT

## Wichtig, bevor es losgeht!

Das sind die unfassbaren Erlebnisse von Mäx, Robbi, Conrad und Jian-Dong.
Falls du ein Mädchen bist und Jungen für nasenbohrende Hohlköpfe hältst, dann leg das Buch sofort weg! Es enthält Geheimnisse, die sich Mädchen nicht einmal in den schlimmsten Albträumen über Jungs vorstellen können.

Falls du doch weiterliest, sag später nicht, keiner hätte dich gewarnt!
Falls du ein Mädchen bist, das in den vergangenen vier Wochen einem Lehrer mit sechs Fingern an der Hand begegnet ist, klapp das Buch ebenfalls sofort zu!

Sonst siehst du nach dem Lesen so aus:

Jungs, für euch besteht keine Gefahr! Ihr könnt euch höchstens *SCHIEFLACHEN* !

## Kleiner Vorgeschmack!
## In diesem Abenteuer erwarten euch:

Ein sprechendes Klo

Wildes Geschmuse

Ein Geheimer-Jungen-
Schnupper-Treff

Ein Wettbewerb im
Nudeln-Aufschnupfen

Die Lehrer-Fernsteuerung

und ...

... VIER ULTRACOOLE SUPERJUNGXXXX!

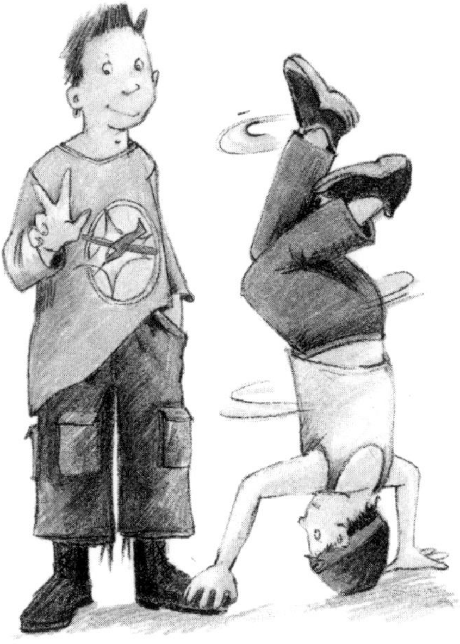

**Robbi**

ist Kapitän der Eishockeymannschaft, will später Pilot werden und zerlegt alles, was ihm in die Hände kommt. Vorsicht: Ärgert ihn nicht! Explosionsgefahr!

**Mäx**

Robbis kleiner Bruder. Schafft den siebenfachen Headspin, kennt sicher 999 Witze und ist Großmeister im Verlieren und Verlegen von Sachen.

## Conrad

Sein Spitzname ist „Baron", denn er trägt immer Anzug mit Fliege. Obwohl er nie zu lernen scheint, schafft er die besten Noten. Nur Flecken können ihn erschrecken.

## Jian-Dong

Er übt, um später Star in Kung-Fu-Filmen zu werden. Eine drei Meter lange Nudel kann er in 27 Sekunden einsaugen, und wild macht es ihn, wenn seine Mutter an ihm herumzupft.

# Die Stimme aus der Toilette

Am Mittwoch sträubte sich Conrads Haarbüschel wie eine Antenne, Mäx' Ohren flatterten, als wollte er abheben, Robbi stöhnte ständig „Ich glaub, mich kratzt die Düsenbürste", und Jian-Dong versuchte, zwei Nudeln statt mit dem Mund durch seine Nasenlöcher aufzusaugen.

An diesem Mittwoch hatte jeder der vier ein absolut unfassbares Erlebnis und keiner ahnte, dass diese Abenteuer mit dem neuen Auftrag zu tun hatten, den sie von Popcorn bekommen sollten.

Was also war an diesem Mittwoch alles geschehen?

Fangen wir mit Conrad an und der Stimme aus dem Klo.

Conrad hatte den Spitznamen Baron zu Recht. Seit er

ein kleiner Junge war, trug er immer einen dunkelblauen, dunkelgrauen, dunkelgrünen oder schwarzen Anzug, dazu ein weißes Hemd und eine Fliege. Er ging nie ohne seine Melone aus dem Haus, und selbst im Sommer schaukelte ein eleganter Regenschirm an seinem Arm. Er saß nie auf dem Boden, sondern immer auf einem Stuhl, verscheuchte jedes Staubkorn mit dem Taschentuch und mochte weder Schmutz noch Gestank.

Seine feine Art bereitete ihm nicht nur manchmal höllische Probleme. Zum Beispiel konnte er in der Schule nicht auf die Toilette gehen. Selbst mit zugehaltener Nase und Ohrenstöpseln gegen unappetitliche Geräusche aus den Nachbarkabinen schaffte er es nicht, dort zu verrichten, was er so dringend musste. Schon einige Male hatte Conrad sein Taschengeld aufgebraucht, um in der großen Pause im Taxi nach Hause zu rasen, dort auf die Toilette zu stürzen und danach erleichtert zur Schule zurückzukehren.

An diesem Mittwoch, von dem hier erzählt werden soll, war Conrad schon bei seinem Vater im Theater gewesen. Und das kam so: Herr Schneuzer arbeitete als Requisiteur und sorgte für alle Dinge, die auf der Bühne benötigt wurden. Ganz egal, ob Blumenvase oder Lederkoffer, Herr Schneuzer schaffte es herbei. Auch ungewöhnliche Dinge waren für ihn kein Problem, weil er ein begeisterter Bastler war. Während Conrad über den Mathematikhausaufgaben brütete, hatte ihn ein Anruf erreicht. „Sohn, bring mir auf der Stelle die Hundewürstchen!"

Zuerst dachte Conrad an einen Scherzanruf von Mäx. Deshalb sagte er betont gelangweilt: „Sollen es auch noch Pferdeäpfel sein?"

„Richtig, fünf Stück. Aber am wichtigsten sind die neun Hundehäufchen."

Nein, Conrad würde Mäx nicht die Freude machen, Ekel zu zeigen. „Sonst noch etwas?", wollte er wissen, als wäre es das Selbstverständlichste auf der Welt.

„Ja, die nasse Babywindel!"

Jetzt reichte es aber wirklich. „Hör zu, ich sitze hier und aus meinen Ohren quillt Rauch. Diese Mathematikaufgaben sind mindestens so schwierig zu lösen wie die Millionenfrage im Fernsehen. Ich habe für diesen Quatsch keine Zeit, Mäx!"

„Mäx?"

Die Stimme am anderen Ende der Leitung blieb gleich tief und ein wenig rau wie die seines Vaters.

„Conrad, ich bin es, der Mann deiner Mutter. Geh auf der Stelle in mein Zimmer und bring mir, was du dort auf meinem Arbeitstisch findest. Ich warte an der Bühnentür. Beeil dich, sonst bekomme ich Ärger!"

„Ja, Papa", sagte Conrad, legte auf und eilte zum Zimmer am Ende des Flurs. In der Tür blieb er stehen und verzog das Gesicht. Tatsächlich lagen fein säuberlich nebeneinander auf der Tischplatte Hundehäufchen, Pferdeäpfel und die Windel. Es roch nach Knetmasse und frischer Farbe, was Conrad ein wenig beruhigte. Die unappetitlichen Teile waren alle nicht echt und wurden für das neue Theaterstück benötigt, das zurzeit geprobt wurde. Conrad verspürte wenig Lust, es zu sehen.

Mit spitzen Fingern packte er die Basteleien seines Vaters in einen Schuhkarton und fuhr zum Theater. Er musste Straßenbahn und Bus nehmen und spürte bald einen unangenehmen Druck im

Bauch. Er hatte zu Mittag feurigen Chilibohneneintopf gegessen und das Brennen auf der Zunge mit drei großen Gläsern Wasser gelöscht. Das war nicht ohne Folgen geblieben.

Er musste schnellstens wieder nach Hause, um auf das stille Örtchen zu gehen. Von der Bushaltestelle eilte er im Laufschritt zur Hinterseite des Theaters, wo sein Vater schon nach ihm Ausschau hielt. Conrad warf ihm den Schuhkarton zu, als er noch ein paar Schritte entfernt war, rief: „Muss nach Hause, Mathematik wartet!“, machte auf dem Absatz kehrt und hetzte zur Haltestelle zurück. Er hatte Glück. Der Bus stand abfahrbereit und Conrad konnte einsteigen. Er fragte sich jedoch, wie er noch die Straßenbahnfahrt überstehen sollte. Aber irgendwie gelang es ihm, auch wenn er die ganze Zeit völlig verdreht dastand und fragende Blicke auf sich zog.

Mit allerletzter Not erreichte er die Wohnung, schloss auf und sah am anderen Ende der Diele seine Schwester Conny, die ebenfalls auf die Toilette zusteuerte.

„Nein, ich!“, stieß er hervor. Wie der Tormann auf den Fußball warf er sich auf die Klinke der

Klotür, drückte sie hinunter und rettete sich in die kleine Kammer. Riegel zu, Hose runter und hinsetzen!

Von draußen trommelte Conny ungeduldig gegen die Tür. „Mach schnell, ich muss auch. Ich warte hier!“

War das Conrad vielleicht peinlich! Seine Schwester würde die Geräusche hören, die die Bohnen und das viele Wasser verursachten.

„Stinkestiefel, Stinkestiefel!“, rief eine spottende Stimme.

„Ich habe es gehört!“, zeterte Conny los.

Nur Conrad hatte es nicht gesagt!

„Wer stinkt so spät durch Nacht und Wind, es ist ein Schneuzer, der kackt geschwind!“

„WIE BITTE¿¿¿“ Die Fragezeichen hinter Connys erstauntem Ausruf zersplitterten fast das Holz der Tür.

Conrad krümmte sich und presste die Hände auf den Bauch. Diesmal waren nicht die ziehenden Schmerzen der Grund, sondern die Stimme. Sie begann jetzt sogar zu singen.

„Oh, du liebes Schneuzerlein, Schneuzerlein, Schneuzerlein, du bist ein Schwein!“

Conny wurde misstrauisch. „Hast du da drin jemanden versteckt?"

Übermütig krähte die Stimme: „Schneuzer vor, furz ein Tor!"

Conrad spürte, wie ihm vor Scham alles Blut in den Kopf schoss. Suchend sah sich Conrad in dem kleinen, kahlen Raum um. Er lüftete den gehäkelten Hut, der über die Ersatz-Toilettenpapierrolle gestülpt war, nahm prüfend die Seife in die Hand, wühlte in dem Stapel zerfledderter Krimis und verdächtigte sogar die Dose mit dem Duftspray. Aber nirgendwo fand er einen Hinweis auf die entsetzlich peinliche Stimme.

„Ki – ka – kacki", schmetterte diese mittlerweile vergnügt.

Conrad fühlte sich etwas besser und schoss in die Höhe. Er zog an der altmodischen Kette mit dem Holzgriff und hörte die Spülung rauschen. Nachdem er sich wieder angezogen hatte, klappte er den Klodeckel hinunter, stieg darauf und spähte aus dem kleinen Fenster in den Hinterhof. Draußen flatterte ein Spatz, sonst war nichts Verdächtiges zu erkennen. Das aber machte Conrad nur noch unruhiger. Wenn die Stimme nicht aus dem Hof kam und auch sonst nirgendwo ein Lautsprecher versteckt war, woher kam sie dann?

Die Antwort erhielt er sofort. Dumpf drang es aus der Kloschüssel: „Ich bin der wilde Pobeißer!“ Conrad kam es so vor, als ob der Klodeckel sich drohend wie ein bissiges Maul dazu bewegte.

Fluchtartig verließ Conrad das Örtchen, das so gar nicht mehr still war. Das widerspenstige Haarbüschel auf seinem Kopf, das sich nie bändigen und glatt drücken ließ, stand kerzengerade in die Höhe wie eine Funkantenne. Aus dem Wohnzimmer kamen fünf scheppernde Schläge einer alten Pendeluhr, die die Familie Schneuzer von einer Tante geschenkt bekommen hatte.

Conrad musste dieses Erlebnis loswerden. Aber mit Mäx, Robbi oder Jian-Dong konnte er darüber keinesfalls sprechen. Es war ihm einfach viel zu peinlich.

Er ahnte nicht, was Robbi und Mäx zur gleichen Zeit erlebten.

# Mäx dreht auf

An diesem Mittwoch hatten Robbi und Mäx ein Problem: Sie waren pleite. Selbst als sie ihre geheimsten Geldverstecke geplündert hatten, waren nur zwei Euro und neun Cent aufgetaucht. Für diesen Betrag aber würden sie kein Geschenk bekommen, das ihrer Mutter Freude machte.

Frau Amsel war für eine Woche nach Hause zurückgekehrt. Sie arbeitete ein Jahr lang in einem winzigen Land in Asien, wo sie half, Schulen und Krankenhäuser aufzubauen. Die Arbeit war sehr anstrengend, und in ihrem kurzen Urlaub wollte Frau Amsel vor allem schlafen und sich ausruhen. Am Samstag war ihr Geburtstag, und aus diesem Anlass wollten die Jungen ihr unbedingt etwas Schönes schenken.

„Wir könnten etwas basteln“, hatte Mäx vorgeschlagen. „Zum Beispiel aus Salzteig. Wir kneten dich und mich.“

Robbi hatte die Augen verdreht. „Wenn du die Figuren machst, sehen sie aus wie Kartoffeln auf Beinen.“ Schon wollte Mäx empört protestieren, aber sein großer Bruder fuhr fort: „Wenn ich uns aus Salzteig knete, dann gibt das höchstens zwei Klumpen Marke Superscheußlich. Also lassen wir das besser bleiben.“

Mäx gab ihm recht. Aber was würde sonst ein gutes Geschenk sein?

„Mama hat gesagt, sie wünscht sich einen richtig schicken Strohhut“, fiel Mäx ein. „Sie könnte ihn den ganzen Tag lang bei der Arbeit tragen und immer an uns denken.“

Die Brüder standen nun vor dem Schaufenster eines Hutladens und sahen sehr bekümmert aus. Strohhüte für Damen gab es hier jede Menge. Robbi hatte bereits den perfekten Hut für seine Mutter entdeckt. Er hatte die Form eines Tropenhelms, war aus bestem weichen Stroh, konnte für die Reise zusammengerollt werden und hielt Hitze, Regen und sogar Hagel aus. Der Hut hatte nur einen kleinen Haken: Er kostete so viel, wie Robbi und Mäx in einem halben Jahr Taschengeld bekamen.

Mäx musterte das T-Shirt seines Bruders. Es zeigte eine grüne Figur, die jubelte. Robbi hatte eine Sammlung von T-Shirts mit witzigen Aufdrucken und hütete jedes einzelne wie einen Schatz. Dieses hier hatte ihm seine Mutter mitgebracht. Sie hatte ihm erzählt, dass ein berühmter Maler dieses Männchen erfunden habe und dass das T-Shirt daher auch etwas ganz Besonderes sei.

Plötzlich und ohne ein Wort zu sagen lief Mäx los. Robbi wollte ihn aufhalten, als Mäx aber nicht stehen blieb, folgte er ihm. Er musste rennen, um den kleinen Bruder einzuholen. Neben ihm herlaufend fragte er keuchend: „Was ist? Juckt dich die Düse? Oder hast du einen Düsenknall?“

„Wir gehen zum Kunstladen“, erklärte Mäx. Er bog zweimal um die Ecke, bis sie eine lange Glaswand erreichten. Dahinter lag ein weiter Raum

mit nackten Betonwänden. Da und dort war ein Bild ausgestellt. Es waren riesige weiße Leinwände, auf denen ein paar hingeworfene Striche in Grün oder Blau zu sehen waren.

Als die Jungen die hohe Tür aufstemmten, kam ihnen sofort eine gertenschlanke Dame in einem Schlauchkleid entgegen. Es wurde von einem engen Rollkragen am Hals festgehalten und hatte keine Ärmel. Zum Schminken benutzte sie bestimmt einen ganzen Farbkasten.

„Ihr habt euch wohl in der Adresse geirrt“, versuchte sie die Brüder gleich wieder auf die Straße zu scheuchen.

„Nein!“, erklärte Mäx und pflanzte sich vor ihr auf. Sie war mindestens vier Köpfe größer, das aber beeindruckte ihn wenig. „Wie viel zahlen Sie für dieses T-Shirt?“ Er deutete mit beiden Händen auf Robbi, als wolle er ihn gleich mitverkaufen.

Die Dame lächelte milde und sehr hochnäsig. „Wir VERKAUFEN Kunstwerke, aber wir KAUFEN keine Stoffstücke.“

„Das ist ein Original! Von … von … von …“, Mäx hatte keine Ahnung wie der berühmte Maler hieß.

Neugierig geworden beugte sich die Dame vor. „Das soll ein echter Firlefritz sein? Wie kannst du den tragen? Ein echter Firlefritz ist mehrere Tausend Euros wert.“

„Wir verkaufen das Teil!“, bot Mäx an. „Zehntausend und wir sind im Geschäft.“

Robbi kam aus dem Staunen über seinen kleinen Bruder nicht heraus. Er hatte die ganze Zeit zwischen Mäx' sommersprossigem Gesicht und dem Porzellankopf der Frau hin und her geschaut. Mittlerweile berührte sie ihn fast mit der Nase am Bauch, weil sie das T-Shirt aus nächster Nähe auf seine Echtheit untersuchen wollte. Mit gerunzelter Stirn beäugte sie das Männchen.

Schnaubend schnellte sie in die Höhe. „So ein dummer Streich! Hinaus! Das ist ein billiger Druck.“

Sofort änderte Mäx seine Taktik. Er verzog das Gesicht, als würde er gleich losheulen. Heftig schniefend presste er hervor: „Es ist das letzte Geschenk unserer Mami gewesen. Sie ist ein Engel, wie unser Papi. Und Sie sind so gemein.“

„Himmel und Hölle!“ Die Dame presste die Hände an die Brust. „Bitte nicht weinen, mein Junge, das wollte ich nicht. Wie kann ich dich nur wieder trösten?"

Sofort ging ein Strahlen über Mäx' Gesicht. „Kaufen Sie das T-Shirt! Nur tausend Euro, Spezialpreis!"

Voller Entrüstung zog sie die Luft ein. Sie musste sich sehr beherrschen, um nicht loszutoben. Wortlos stöckelte sie zur Glastür und zog sie auf. Mit dem ausgestreckten Zeigefinger deutete sie auf die Straße.

„Hinaus und lasst euch hier nie wieder blicken!"

Im selben Augenblick betrat ein älteres Ehepaar die Galerie. Die Frau hatte sich beim Mann untergehakt und beide lächelten, als wären sie frisch verliebt. Überrascht sahen sie von der zornigen Galeristin zu den beiden Jungen. Mäx zog den letzten Trumpf. Er trat vor die beiden Kunstliebhaber und sagte flehend: „Bitte, retten Sie uns! Zuerst hat uns DIE ...“, dabei stieß er die Hand in die Richtung der Dame mit dem Schlauchkleid, „... hinten in einem Abstellraum eingesperrt. Wir mussten dort Bilder fälschen. Mit giftiger Farbe. Und weil wir jetzt ganz krank sind, setzt sie uns an die Luft. Wir haben kein Zuhause und brauchen Geld.“

Mit zuckersüßem Lächeln hatte die ältere Frau Mäx zugehört, wobei sich das Lächeln immer mehr in einen Ausdruck großer Bestürzung verwandelte. „Nein, ist denn das die Möglichkeit!“, säuselte sie mitfühlend. Sie wandte sich an ihren Mann. „Ernst-Theobald, hier werden Fälschungen verkauft. Angefertigt von Waisenkindern.“

„Unerhört! Ich erstatte Anzeige!“, drohte der Mann.

Die Dame im Schlauchkleid umklammerte den Türgriff, weil ihre Beine sie offensichtlich nicht mehr tragen konnten.

„Ich glaub, mich kratzt die Düsenbürste“, murmelte Robbi. Staunend schüttelte er den Kopf über seinen kleinen Bruder. Er hätte Mäx so viel Ausgefuchstheit nicht zugetraut.

„Hören Sie nicht auf diese Bengel, alles Lüge!“, platzte die Galeriedame heraus.

Mäx hängte sich an das Wollsakko des Mannes und bettelte: „Nicht die Polizei. Wir wollen nicht zurück ins Heim. Bitte, bitte, geben Sie uns …“, er drehte sich zu Robbi und fragte flüsternd, „… was kostet der Deckel¿“

Robbi verstand die Frage zuerst nicht.

„Hut!“, half Mäx ihm weiter.

„Hundertdreißig Euro!“, sagte Robbi mechanisch.

„… geben Sie uns hundertdreißig Euro, dann können wir überleben!“, setzte Mäx fort.

Leider übertrieb er damit ein bisschen. Auch dem alten Ehepaar dämmerte die Flunkerei. Argwöhnisch blickte es auf Mäx herab.

Mäx setzte seinen letzten Trick ein, mit dem er sogar schon einen Wutausbruch seines Vaters hatte verhindern können: Er wackelte mit den

Ohren. Da seine Ohren abstanden, sah es unglaublich drollig aus. Wenn Mäx abwechselnd mit dem einen und dem anderen wackelte, erinnerte er an einen Elfen aus einem Märchenfilm.

Auf der anderen Straßenseite näherten sich zwei Polizisten auf ihrem Rundgang. Die ältere Frau machte ihren Ernst-Theobald auf sie aufmerksam und sofort winkte er den beiden zu. Robbi hielt es für an der Zeit, die Sache in die Hand, oder besser gesagt, seinen Bruder *an* der Hand zu nehmen. Unsanft riss er ihn hinter sich her und stürmte die Straße hinunter. Protestierend stolperte Mäx hinter ihm her.

Da hörten sie einen Schrei. Er war laut und klang entsetzt. Die Brüder blieben stehen und wandten sich um.

Mitten auf der Fahrbahn hockte einer der Polizisten. Er blickte verdutzt um sich und schüttelte immer wieder den Kopf, als könne er nicht glauben, was geschehen war.

Geschrien hatte die ältere Dame, die jetzt beide Hände vor den Mund presste.

Als hätte ihn ein Rammbock in die Brust gestoßen, stolperte auch der zweite Polizist auf die

Straße, fiel über die Beine seines liegenden Kollegen und stürzte zu Boden.

Deutlich hörten Mäx und Robbi ihn sagen: „Sie hat mich gebissen. Sie hat mich gebissen wie ein Wachhund.“

Aus der Galerie schallte Gekläff. Es hörte sich nicht nach echten Hunden an, sondern nach einem Menschen, der bellte wie ein Hund. Die Dame im Schlauchkleid kam, noch immer wütend bellend, auf allen vieren heraus. Sie verharrte im Eingang, schnupperte am Türstock und machte Anstalten, das Bein zu heben.

Diesmal wackelten Mäx' Ohren vor Fassungslosigkeit.

„Ich glaub, mich kratzt die Düsenbürste, aber richtig feste“, murmelte Robbi.

Der große Zeiger der Turmuhr hinter ihnen sprang gerade auf zwölf, der kleine stand auf fünf.

# Nudeln in der Nase

Das China-Restaurant der Familie Lee öffnete erst abends seine rot lackierten Türen, nachmittags war es geschlossen. Im Lokal saßen zwei und aßen, streng bewacht und beobachtet von Frau Lee.

Der eine Esser war Jian-Dong, Nummer vier der Hot Dogs, der andere sein Cousin Hong, der für zwei Wochen zu Besuch gekommen war.

„Nimm dir ein Beispiel an Cousin Hong", sagte Frau Lee mindestens zum zehnten Mal an diesem Tag. Sie kniff Hong in die dicken Oberarme. „An Cousin Hong ist was dran. Da!" Ihre Fingerzange wanderte zum wuchtigen Speckbauch und kniff erneut.

„Und da!“ Weiter ging sie zu den stämmigen Beinen und zwickte Hong knapp oberhalb des Knies. „Und da!“

Beim Kneifen schnellte Hongs Unterschenkel in die Höhe und seine Schuhspitze traf Jian-Dong genau am Schienbein.

„Hat dich die Wahnsinnswanze gebissen?“, fauchte Jian-Dong seinen Cousin an. Dieser grinste nur breit und lachte ein dumpfes Hohoho. „Tante kneift, Knie zuckt, Fuß tritt.“

Hohoho!

„Hihihi!“, stimmte Frau Lee ein. Sie streichelte kurz über das Knie. „Bitte vielmals Verzeihung.“

Jian-Dong wusste, dass Hong ihn absichtlich getreten hatte. Mit dem Kneifen seiner Mutter hatte das nichts zu tun. Hong war schlimmer als eine Qualle und viel schleimiger als jede Seegurke.

„Du musst aufessen und auch so stark werden wie Cousin Hong!“, erklärte Jian-Dongs Mutter ihrem Sohn.

Vor dem Cousin stand eine Schale, in der man locker ein Baby hätte baden können. Die Schale war gefüllt mit einer Hühnersuppe aus dicken Nudeln, Fleischstückchen und Gemüse. Mit einer kleinen

Schöpfkelle beförderte Cousin Hong die Suppe in seinen Mund, und damit möglichst wenig danebenging, schlürfte er dabei lautstark. Sogar das verzieh ihm seine Tante.

„Ich hole jetzt knusprige Ente“, kündigte sie an und eilte in die Küche.

Jian-Dong starrte missmutig auf die kleine Schale, aus der er die Suppe aß. Er hatte keinen Hunger und vor allem keine Lust, gemästet zu werden, bis er platzte.

Cousin Hong hob den Kopf. Seine Backen und seine Nase glänzten fettig, vom Kinn tropfte Suppe. Um ihn zu beeindrucken, sagte Jian-Dong: „Ich kann eine drei Meter lange Nudel in siebenundzwanzig Sekunden aufsaugen.“ Herausfordernd blickte er den Cousin an. Damit würde dieser schmierige Speckkloß nicht mithalten können.

„Hohoho!“, tönte es. „Baby!“

Wütend schleuderte Jian-Dong ihm einen zornigen Blick zu.

„Hohoho! Siebenundzwanzig Sekunden! Mit Mund! Kann jedes Baby!“

„Wenn großes Maul angibt, kann man Brief einwerfen, weil es so breit ist!“, gab Jian-Dong eine der vielen Weisheiten von sich, die ihm sein Großvater verraten hatte.

„Nudel durch Nase. Das ist gut. Hohoho!"

Jian-Dong hatte schon gehört, dass junger Bambus so hart war, dass er durch einen schlafenden Menschen wachsen konnte, der sich aus Versehen darauf gelegt hatte. Nudeln aber durch die Nase aufzuziehen, war sogar ihm neu.

„Ich will das sehen!", verlangte er.

„Hohoho. Mach selbst." Cousin Hong deutete mit dem triefenden Kinn auf Jian-Dongs Schale.

So, diesem Briefkastenschlitz-Großmaul würde Jian-Dong es jetzt zeigen. Er fischte mit den Fingern die Enden von zwei dicken Nudeln heraus, deren Rest sich vielfach in der Schale kringelte. Die eine glibberige Nudel steckte er ins rechte Nasenloch, die andere ins linke. Mit aller Kraft begann er aufzuschnupfen.

Es machte Plitsch und Klatsch und die Nudeln rutschten einfach wieder aus der Nase zurück in die kleine Schüssel.

„Hohoho!", tönte es von der anderen Seite des Tisches.

So leicht aber ließ Jian-Dong nicht locker. Schon

hatte er beide Nudeln wieder in Startposition gebracht. Ein tiefer Atemzug und …

Seine Mutter kam aus der Küche. Sie trug eine Platte mit fein geschnittener Entenbrust, über die ein halber Eimer süßsaure Soße gegossen war. Das mütterliche Lächeln fror ein, als sie ihren jüngsten Sohn sah. Die Nudeln hingen traurig aus seiner Nase herab, und er hatte die Augen wild nach unten verdreht, um sehen zu können, ob sie nun endlich die Nase hinaufwanderten oder nicht.

Cousin Hong tauchte den Löffel besonders tief ein und schlürfte weiter, als sei nichts geschehen.

„Jian-Dong!“, fauchte Frau Lee. Und da es eine ihrer Gewohnheiten war, die Jian-Dong ihr noch immer nicht hatte abgewöhnen können, folgte ein klagendes: „Baby! Auf der Stelle Schluss mit Unsinn. Drei Tage Hausarrest. Strafarbeit: Was ich mit Nudeln nicht machen darf.“

Wie ein feiner Herr tupfte sich Hong mit der Stoffserviette das Gesicht ab. Tadelnd schüttelte er den Kopf und machte: „Tststs." Danach faltete er die Serviette säuberlich zusammen.

Noch immer saß Jian-Dong mit den beiden Nudeln in der Nase da. Am liebsten wäre er aufgestanden, um den Tisch gegangen und hätte Hong vorgeführt, was er beim letzten Karatetraining von seinem Großvater gelernt hatte. Es war eine schnelle Kombination aus Sprung, Tritt, Schlag und Mit-vollem-Gewicht-auf-dem-wehrlosen-Gegner-Landen, der hilflos auf dem Boden lag und um Gnade winselte.

Frau Lee stellte energisch die Platte mit der knusprigen Ente auf den Tisch.

„Sag, wenn du noch etwas zu sagen hast!", verlangte sie streng von ihrem Sohn.

„Quaaaak!"

Frau Lee hatte nicht genau hingesehen und dachte deshalb, Jian-Dong hätte das Tiergeräusch gemacht. Sie zitterte vor Zorn und im Stillen fragte sie sich ständig, was sie bei der Erziehung falsch gemacht hatte.

„Quaaaaaaak! Quak! Quak! Quak!"

Nicht Jian-Dong quakte, sondern der Koch, der aus der Küche gekommen war. Er trug wie gewöhnlich seinen schwarzen Karateanzug und auf dem Kopf ein schwarzes Tuch im Piratenstil. Wild sah er aus, wie aus einem Abenteuerfilm entsprungen. So gar nicht dazu passte, dass er die Hände unter die Achseln gesteckt hatte, mit diesen Flügelstummeln wackelte und dazu ständig die Laute einer Ente nachmachte.

„Quak. Quak, quak!“

Hohoho! Cousin Hong lachte in sich hinein. Frau Lee warf dem Koch einen strafenden Blick zu. „Mister Wim, bitte sehr vielmals, Schluss, Ende mit diesem Quak!“

„Bääää!“, blökte der Koch. Und immer wieder „Bäääääää! Bäääääää! Bäääääää!“ Auf der schmalen Anrichte neben der Küche wuchs in kleinen Blumenkistchen Bambus. Hungrig machte er sich darüber her. Ohne Hände, nur mit den Zähnen biss er hinein und kaute genüsslich.

Jian-Dong sah zu seiner Mutter. Nie mehr wieder konnte sie ihn schimpfen und behaupten, er mache nur Unsinn. Der eigene Koch war der größte Scherzbold, den es jemals im Hause der Lees gegeben hatte.

Hektisch bimmelte eine elektrische Uhr aus goldenem Plastik auf der Theke. Bim-bim-bim-bim-bim!

Frau Lee schwankte, als würde der Boden unter ihren Schuhen schaukeln. Sie ruderte mit den Armen wie auf einem Schiff bei hohem Seegang und verdrehte die Augen.

„Hohoho!", lachte Cousin Hong.

Erst als die Knie seiner Mutter einknickten, wurde Jian-Dong klar, dass sie in Ohnmacht gefallen war. Viel Erfahrung hatte er mit solchen Situationen nicht.

Mit Karate kannte er sich besser aus.

Um den Sturz der Mutter zu verhindern, packte er ihren Arm und beförderte sie schwungvoll auf seinen Rücken wie bei einem Schulterwurf. Er schleuderte sie aber nicht auf den Boden, sondern trug sie wie einen schweren Sack.

„Bäääää?“, blökte Mister Wim fragend. Zwei lange grüne Halme hingen ihm aus dem Mundwinkel.

„Ooooo!“, machte Cousin Hong.

Von Jian-Dong kam ein ächzendes „Ompf!“, die kleine Frau Lee war nicht so leicht wie sie aussah. Ihr Sohn beschloss, sie nach oben ins Bett zu bringen. Danach musste er dringend seine Hot-Dog-Freunde anfunken.

Der Hausarrest war wohl kein Thema mehr.

## Das Geo-Ungeheuer

In allen drei Familien wurde nur kurze Zeit später die gleiche Frage gestellt. Sie lautete: „Hast du für Geografie gelernt?“

Die Antwort von Conrad, Mäx, Robbi und Jian-Dong lautete: „Ja!“ Alle vier plagte sofort das schlechte Gewissen, nicht genug gelernt zu haben.

Donnerstags hatte Mäx bereits in der ersten Stunde Geografie, Robbi, Conrad und Jian-Dong, die eine Klasse über ihm waren, gleich danach.

Insgeheim hofften die Größeren, Herr Mäpper würde sich in Mäx' Klasse austoben und etwas milder gestimmt in die zweite Stunde kommen. Doch sie kannten ihn mittlerweile und wussten, wie wenig begründet ihre Hoffnung war.

Herr Mäpper war unermüdlich, wenn es darum ging, Schüler zu prüfen! Alle Schüler, die er unterrichtete, zitterten vor ihm. Sogar die Eltern hatten Angst vor ihm. Robbi hatte gehört, dass sein eigener Vater den Geografielehrer als „King Kong, der zu heiß gebadet hatte“ bezeichnete. Natürlich war diese Beschreibung nicht für die Ohren seiner Söhne gedacht. Denen trug Herr Amsel ständig auf, Tag und Nacht Geografie zu pauken und von jedem Land der Erde die Anzahl der Einwohner bis auf das Baby genau zu lernen. Ihr Vater hatte nämlich keine Lust, wieder in die Schule bestellt zu werden und von Herrn Mäpper eine halbstündige Ansprache über die Faulheit, die Dummheit und die Jämmerlichkeit seiner Söhne über sich ergehen zu lassen. Beim letzten Mal hatte er einmal gewagt zu widersprechen und postwendend von Herrn Mäpper einen Rüffel bekommen, der ihn verstummen ließ.

Selbst Conrad hegte schon den Verdacht, der Geografielehrer besitze magische Kräfte, mit deren Hilfe er Schüler und Eltern fertigmachte.

Vor dem Abendessen hockten alle vier Hot Dogs in ihren Zimmern, umgeben von Geografiebüchern, Landkarten, einem Globus und mindestens drei verschiedenen Lexika, und büffelten. Ihre Gedanken waren jedoch mindestens zur Hälfte bei den Abenteuern des Nachmittags. Aus lauter Angst vor Herrn Mäpper wagten sie aber nicht, in Kontakt zu treten. Zuerst mussten sämtliche Zahlen und alle Namen von Ländern, Städten, Flüssen und Seen in ihre Köpfe gestopft werden.

Mäx stöhnte erschöpft und legte den Kopf auf das Geografiebuch.

Robbi warf ihm einen besorgten Blick zu. „So kommt das ganze Zeug aber nicht in dein Hirn."

„Ich hab schon Muskelkater im Kopf vom Lernen", jammerte Mäx.

„Stell dir vor, Mäpper steht morgen vor deinem Tisch und sieht durch seine eckigen Gläser auf dich herab." Robbi stand auf, formte die Finger zu Brillengläsern und starrte seinen kleinen Bruder dadurch an. Die Lippen presste er zu einem dünnen Strich, die Stirn legte er in tiefe Furchen. Mit gequetschter hoher Stimme sagte er: „Naaaaaaaa, Aaaaaaaaaamsel, haaaaaben wir gelernttttttttt?" Das T vom Wort „gelernt" wurde von heftigem Spucken begleitet. Drohend wie ein Saurier mit

langem Hals, der ein Büschel Grünzeug abbeißen will, beugte sich Robbi zu Mäx herab und bleckte die Zähne. Es war ein Grinsen wie das eines Hais in einem Zeichentrickfilm.

Abwehrend hob Mäx die Hände. „Hör auf, hör auf, sonst habe ich die ganze Nacht wieder Albträume."

Robbi schüttelte den Kopf, um die scheußliche Lehrerfratze loszuwerden, und kehrte an seinen Platz zurück. Die Schreibtische der Jungen standen nebeneinander am Fenster des Zimmers, das sie sich teilten.

In Robbis olivgrünem Schulrucksack schellte die Pausenglocke der Schule. Froh über die Unterbrechung bückte sich Robbi und wühlte zwischen den Büchern, Heften und Stiften. Er fischte ein himmelblaues Handy heraus, machte Mäx hektisch ein Zeichen, er solle an der Tür Wache stehen, und drückte dann die Empfangstaste.

Das himmelblaue Handy besaßen die vier Jungen noch nicht sehr lange. Es war ihnen zugeflogen. Auf dem Weg zur Schule durch den Park hatten sie es bemerkt, als es aus den Wolken direkt in den Ententeich fiel. Das Wasser hatte ihm nicht geschadet und auf der Anzeige war das Gesicht eines Mannes erschienen, der ein Passwort von den vieren wissen wollte. Die Jungen hatten die Frage zuerst für einen Scherz gehalten. Da sie vor einer Hot-Dog-Bude standen, hatten sie einfach „Hot Dogs!“ geantwortet. Seit damals war diese Bezeichnung ihr Deckname.

Der Anrufer nannte sich Popcorn, seinen wahren Namen hatten sie nie erfahren. Er war Chef der AAA, der Agentur zum Aufspüren Außerirdischer Lebensformen. Das Handy hatte seinen Topagenten gehört, die von Außerirdischen entführt worden waren und mittlerweile wahrscheinlich irgendwo im Weltall von einem kleinen Planetenbewohner mit sieben Nasen und dreizehn Augen wie Hamster in Käfigen gehalten wurden.

Trotz vielfacher Beteuerung von Conrad, Robbi, Mäx und Jian-Dong, doch nur ganz gewöhnliche Jungen zu sein, hatte Popcorn ihnen das nie geglaubt. Er hielt sie für seine vier Spezialagenten, denen die perfekte Tarnung gelungen war. Wer vermutete schon in vier stinknormalen Jungs Geheimagenten auf der Jagd nach Außerirdischen?

Die Hot Dogs hatten inzwischen bereits zahlreiche Aufträge für Popcorn ausgeführt. Jedes Klingeln des himmelblauen Handys kündigte eine neue Mission an.

Mäx spähte in den Flur hinaus. Seine Mutter saß mit Sabrina, seiner großen Schwester, in der Küche und führte ein Gespräch „von Frau zu Frau“, wie Sabrina es nannte. Es ging darin um Jungen, und wenn Sabrina über sie redete, klang es, als handle es sich um eine besonders giftige Form von Kuschelbären.

Die beiden würden das Telefonat von Robbi und Popcorn nicht belauschen. Mäx streckte als Zeichen dafür, dass die Luft rein war, den Daumen in die Höhe.

„Hier Hot Dogs, sind empfangsbereit“, meldete sich Robbi, so knapp und sachlich wie der Pilot eines Überschallflugzeuges.

„Es ist an der Zeit, Ihnen die Wahrheit zu sagen“, begann Popcorn grußlos. Es klang ernst. Robbis erster Gedanke war, er wolle ihnen die Agentenausrüstung wieder wegnehmen, die sie im Laufe der Zeit gesammelt hatten. Darunter befand sich zum Beispiel ein Bleistift, der fliegen konnte und mit leisen Pfiffen gesteuert wurde. Unauffällig konnten die Jungen damit Sabrina ins Hinterteil piksen. Auf solche Späße hätten sie nur ungern verzichtet.

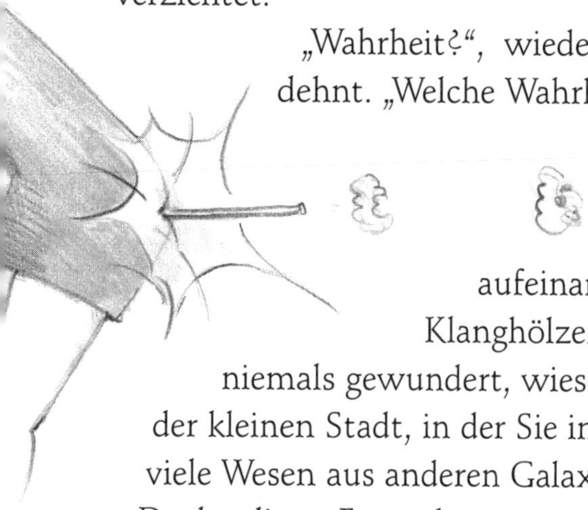

„Wahrheit?“, wiederholte Robbi gedehnt. „Welche Wahrheit?“

Nervös schlug Popcorn zwei Kugelschreiber aufeinander, als wären es Klanghölzer. „Haben Sie sich niemals gewundert, wieso ausgerechnet in der kleinen Stadt, in der Sie im Einsatz sind, so viele Wesen aus anderen Galaxien auftauchen?“ Doch, diese Frage hatten sich die Hot Dogs schon mehrere Male gestellt.

„Ich werde Ihnen heute den Grund dafür nennen.“

Robbi atmete auf. Das also war mit „Wahrheit“ gemeint. Es hörte sich sogar interessant an.

„Die AAA hat in Ihrer Stadt eine Anlage errichtet, die Funksignale in den Weltraum sendet. Wie der Speck die Mäuse sollen diese Signale Außerirdische anlocken. Ziel war es, sie einzufangen und auf diese Weise mehr über das Leben dort draußen im All zu erfahren."

Mittlerweile verwendete Popcorn die Kugelschreiber nicht mehr als Rhythmusinstrument, sondern bohrte mit einem im rechten Nasenloch und mit dem anderen im linken Ohr. Täuschte sich Robbi oder war Popcorn verlegen?

„Aha!", sagte Robbi, gespannt, was Popcorn noch zu berichten hatte.

„Unsere Konstrukteure haben die Sendeanlage für absolut sicher erklärt. Leider aber hat sich herausgestellt, dass sie irrten. Ein noch unbekanntes Wesen außerirdischer Herkunft konnte in die Anlage eindringen und sie umfunktionieren."

„Umfunktionieren? Sendet sie jetzt etwa nicht mehr?", fragte Robbi wissbegierig. Er war ein ausgezeichneter Konstrukteur und wollte später einmal Pilot werden.

Unruhig knabberte Popcorn an einem der beiden Kugelschreiber und kratzte sich mit dem anderen den Rücken. „Wir kennen weder das Wesen noch die neue Funktion der Funkanlage. Wir wissen nur, dass wir keine Kontrolle mehr darüber haben."

Popcorns großes Unbehagen war verständlich. Es war eine Blamage für die AAA, die große Agentur, die streng geheim mit den besten Technikern operierte, eine so wichtige Anlage ausgerechnet an die Wesen verloren zu haben, die damit gefangen werden sollten. Es war, als hätten Mäuse Mausefallen zu Geräten umgebaut, die ihnen halfen, Speisekammern zu plündern.

„Wir sollen uns jetzt darum kümmern, nicht wahr?“ Robbi fühlte sich besser als James Bond.

Zerknirscht nickte Popcorn.

An der Zimmertür stehend hörte Mäx, dass ihr Vater zurückkam.

„Hallo allerseits“, rief er.

Sein erster Weg würde in das Zimmer der Jungen führen, und seine erste Frage würde bestimmt Geografie betreffen. Mäx bekam einen mittleren Schweißausbruch, weil er noch nicht genug gelernt hatte. Seine grauen Denkzellen aber waren zum Platzen voll.

Mit seinem ganzen Gewicht stemmte er sich von innen gegen die Tür. Herr Amsel drückte von außen die Klinke herunter und wollte eintreten.

„Was ist denn mit der Tür?“, rief er.

„Klemmt“, antwortete Mäx und versuchte, sich die Anstrengung nicht anhören zu lassen. „Wir kommen gleich.“

„Hallo, Schatz!“, grüßte Frau Amsel aus der Küche. Da sie nur so kurz zu Besuch war, ging Herr Amsel sofort zu ihr und stellte keine weiteren Fragen über die Jungenzimmertür. Zum Glück!

Robbi kam eine Idee. „Popcorn, wir werden sehr viele Informationen aufnehmen und im Kopf verarbeiten müssen.“

Der Agentenchef nickte bekräftigend.

„Richtig, richtig.“

„Dazu benötigen wir ein Hilfsmittel. Was haben Ihre Leute auf Lager?“ Frech ergänzte Robbi: „Ich hoffe, es sind verlässlichere Geräte als diese Lockanlage, die ja ziemlich große Sicherheitsmängel aufweist.“

Wie ein Schüler, der seine Hausaufgaben nicht gemacht hat, krümmte sich Popcorn und rutschte tief in seinen Schreibtischstuhl. „Äh … ich habe schon ein ernstes Wort mit den verantwortlichen Technikern geredet. Was aber das Hilfsmittel zum schnelleren Lernen betrifft, so kenne ich da etwas. Sie erhalten es in den nächsten Tagen.“

„Nein!“, sagte Robbi schnell. „Wir brauchen es sofort. SOFORT! Auf der Stelle.“

„Na gut!“ Popcorn schien der Einsatz der Hot Dogs diesmal besonders wichtig zu sein. „Ich schicke einen Überschalljet. Er wirft die Lieferung exakt über der Stelle ab, von der aus wir das Signal Ihres Handys empfangen. In spätestens siebzig Minuten sollte die Ware eintreffen.“

„Das dauert aber lang!“, maulte Robbi.

Popcorn zerbrach genervt die Kugelschreiber, betrachtete verdutzt die Bruchstücke und schleuderte sie dann über seine Schulter nach hinten. „Na gut, sechzig Minuten. Schneller ist aber nicht möglich.“

Mäx und Robbi zwinkerten einander zu. Nach dem Abendessen würden sie das Gerät in Händen halten und damit ihre Geografiesorgen los sein.

„Halt!“ Robbi war noch etwas eingefallen. Das Bild von Popcorn war schon auf Kirschengröße geschrumpft und hatte ihm eine enorme Monsternase, Glotzaugen und runde Backen verpasst. Popcorn sah aus wie eine Witzfigur. Schnell entfaltete sich das Bild wieder und das Gesicht wurde nach allen Seiten gedehnt, als wäre es aus Kaugummi. Robbi musste sich auf die Lippe beißen, sonst hätte er losgelacht. „Diese Sendeanlage befindet sich wo? Sie haben den genauen Standort noch nicht genannt."

Nach kurzem Zögern nannte Popcorn ihn. Nur Sekunden danach hatte er den Funkkontakt abgebrochen. Das verdutzte und ungläubige: „Was???" von Robbi hörte er nicht mehr. Besser gesagt, er wollte es nicht hören.

Die Amsel-Brüder wechselten einen langen Blick und brachen dann in Gekicher aus.

# Dünnes Törtchen und Ka

Die Lernhilfe traf pünktlich ein. Robbi und Mäx aber saßen zu dieser Zeit noch beim Abendessen. Schuld daran war ihre große Schwester Sabrina. Sie hatte den Vorschlag gemacht, jeder möge von seinem Tag erzählen, statt einfach nur das Essen in sich hineinzustopfen. Es gab Spaghetti mit Tomatensoße und Parmesan und dazu eine große Schüssel grünen Salat. Beide Amsel-Brüder mochten Spaghetti, brauchten aber keine Ewigkeiten, um ihre Nudeln auf die Gabel zu rollen und zu verspeisen.

Natürlich verrieten sie nichts von dem Besuch in der Bildergalerie und der bellenden Dame dort. Mit auf dem Rücken gekreuzten Fingern flunkerten sie munter drauflos. Sie erzählten alles, was ihre Mutter gerne hörte: Robbi schwärmte von der Sportstunde in der Schule, während der er am höchsten von allen gesprungen war, Mäx berichtete begeistert, dass er es endlich geschafft hatte, siebenmal auf dem Kopf stehend zu rotieren wie ein Propeller. Beide seufzten und jammerten über die vielen Hausaufgaben und zum Abschluss lobten sie das ausgezeichnete Essen der Mutter. Frau Amsel lächelte fröhlich.

Als Nächstes war Sabrina an der Reihe. Sie holte tief Luft und begann, von den unwichtigsten der unwichtigen Dinge zu erzählen, jammerte über das entsetzliche neue Parfum des Mädchens, das in der Schule neben ihr saß, schilderte die scheußliche grüne Bluse eines anderen Mädchens, als handle es sich um etwas, das Menschen fressen könnte, und empörte sich über zwei Jungen, die in der Nase gepopelt hatten. Sabrina schilderte diesen Vorfall, als hätte danach das Klassenzimmer bis zur Decke mit Desinfektionsmittel vollgepumpt werden müssen.

Robbi gähnte herzhaft, um seine Langeweile zu zeigen. Mäx bohrte absichtlich tief in der Nase, um Sabrina zu ärgern.

Die große Schwester aber redete nur zu den Eltern und gönnte den Brüdern keinen einzigen Blick. Sie benötigte geschlagene achtundvierzig Minuten, bis sie endlich fertig war.

Hoch oben am Himmel düste ein Flugzeug unter lautem Getöse über das Haus hinweg.

„Was war das? Ein Überschallflieger?“, rief Herr Amsel und schüttelte verständnislos den Kopf.

Seine Söhne hätten ihm die Antwort geben können, taten es aber lieber nicht, um sich viele unangenehme Fragen zu ersparen. Sie mussten auf der Stelle in ihr Zimmer und das Agentenstück in Empfang nehmen. Ihre Mutter hätte es auch sicher erlaubt, Sabrina aber fuhr sich wichtig durch die langen blonden Haare und sagte: „Sitzen geblieben! Papa ist jetzt an der Reihe und wir hören ihm genauso zu, wie wir euch zugehört haben.“

„Krautstampfer!“, knurrte Robbi in einer Lautstärke, dass nur Sabrina es hören konnte.

Wie elektrisiert fuhr sie hoch. „Mama, er hat es schon wieder gesagt!“

Frau Amsel, die eine immer lächelnde und sehr fröhliche Frau war, hob nur fragend die Augenbrauen.

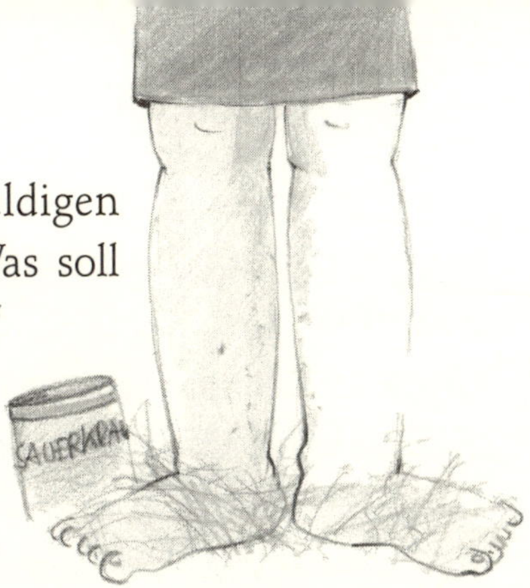

Mit großen unschuldigen Augen fragte Robbi: „Was soll ich denn gesagt haben?“

„Krautstampfer!“, entfuhr es Sabrina, die fast heulte.

„Krautstampfer?“, wiederholte Robbi genüsslich. „Wieso sollte ich denn Krautstampfer gesagt haben?“

„Ja, warum soll Robbi denn Krautstampfer gesagt haben?“, echote Mäx, um Sabrina völlig von der Rolle zu bringen. „Was sind überhaupt Krautstampfer?“

Herr Amsel, der gerne alles erklärte, begann sofort mit seinem Vortrag über Sauerkraut, das mit dicken Holzbohlen gestampft werde, um alle Insekten und Verunreinigungen zu entfernen.

„Sind das so richtig dicke Stampfer?“, fragte Robbi mit gespieltem Interesse. „So dick und rund wie Elefantenbeine?“

„Ein guter Vergleich, Robbi. Noch besser wäre, so dick wie Nilpferdbeine, das sind Krautstampfer!“

Die Brüder nickten begeistert. Arglos flötete

Mäx: „Wieso soll Robbi Krautstampfer sagen, und warum regt dich das so auf?“

Sabrina rang japsend nach Luft. Ihr größter Schwachpunkt waren ihre Beine. Sie empfand sie als zu kurz und zu dick, was sie auch waren. Richtige Krautstampfer eben.

Aus dem Zimmer der Jungen, das neben dem Esszimmer lag, kam ein dumpfes Poltern. Gehört hatten es zum Glück nur Mäx und Robbi, weil Sabrina noch immer über ihre Brüder zeterte und die Eltern sie zu beschwichtigen versuchten.

„Bitte, dürfen wir aufstehen, wir müssen noch lernen!“, zwitscherten die beiden im Chor.

„Natürlich!“, sagte ihre Mutter. Bevor irgendjemand Protest einlegen konnte, waren Robbi und sein kleiner Bruder schon verschwunden.

Wie gut, dass sie das Fenster offen gelassen hatten. Die runde Metallscheibe mit der kugelförmigen Verdickung in der Mitte wäre sonst bestimmt durch die Scheibe geflogen. Gelandet war sie auf dem flauschigen weißen Teppich vor dem Stockbett. Robbi schraubte die obere Halbkugel ab und entnahm eine längliche, weiche Brille aus silbrig glänzendem Material. Sie hatte links und rechts

Gummibänder, mit denen sie an den Ohren befestigt werden konnte. Öffnungen für die Augen waren nicht vorhanden, dafür aber ein Kabel mit einer Krokodilklemme. Ein gefalteter Zettel enthielt die Anleitung für die Anwendung: Brille über das Gesicht ziehen, die Klemme an den Unterlagen befestigen, die gelernt werden sollen, hinlegen und am besten schlafen.

Mit leisem Summen erhob sich die fliegende Untertasse, die das Überschallflugzeug ausgesandt hatte, glitt in die Nacht hinaus und explodierte geräuschlos über den Dächern in einem glühenden Ball. Eine weiße Wolke war alles, was von ihr blieb. Die kühle Frühlingsbrise wehte sie davon.

Robbis Funkarmbanduhr piepte leise, aber sehr drängend. Er drückte den Knopf an der Seite, worauf die Oberseite der Uhr auseinanderklappte und eine längliche Mini-Tastatur mit einem Bildschirm zum Vorschein kam. Jeder der Hot Dogs besaß eine solche Uhr und benutzte sie, um mit den anderen in Kontakt zu treten.

Ein sehr verlegener Conrad blickte Robbi vom Bildschirm entgegen. Das Blinken eines gelben Punktes in der rechten oberen Ecke des Bildschirms kündigte das Eintreffen eines zweiten Gespräches an. Conrad wurde auf die linke Seite geschoben, um rechts Jian-Dong Platz zu machen.

„Mumidire! Mumidire!“, flüsterte er hektisch. Es war eines der Kürzel, das die Hot Dogs normalerweise in geschriebenen Mini-Nachrichten verwendeten. (Die Übersetzung findest du auf Seite 187.)

„Hallo, ihr zwei! Wir haben die Rettung vor Mäpper bekommen“, verkündete Robbi. Conrad und Jian-Dong aber interessierten sich nicht dafür.

„Zu mir spricht eine Stimme aus dem ...“ Conrad murmelte verschämt etwas, das klang wie „dünnes Törtchen“.

Jian-Dong hörte mit der Kürzelsprache nicht auf und redete, als wären sieben Sumo-Ringer hinter ihm her: „MMS – CMS – BIS!“ (Übersetzung: Mama macht Stress. Cousin macht Stress. Bin im Stress.) „KQ! KQ! KQ!“ Er hörte sich selbst wie eine Ente an und wollte mit der Abkürzung sagen: „Koch quakt!“

„Jetzt lasst mal ein bisschen Druck aus der Düse“, mischte sich Robbi beruhigend ein. „Jian-Dong, ich kenne deine Kürzel nicht, und Conrad, was ist mit einem dünnen Törtchen?“

Jetzt begannen beide Freunde gleichzeitig zu reden. Robbi bedeutete Mäx, er solle sich alles merken, was Conrad sagte, er selbst konzentrierte sich auf Jian-Dong. Kaum waren die zwei fertig, begannen die Amsel-Brüder gleichzeitig von ihrer haarsträubenden Beobachtung vor der Galerie zu erzählen.

Danach herrschte ein paar Sekunden Schweigen.

„Was bedeutet das?“, wollte Conrad wissen. Er wirkte unruhig und rutschte auf dem Stuhl hin und her. Seit heute Nachmittag traute er sich nicht mehr auf die Toilette.

„Es bedeutet, dass Wahnsinn ansteckend ist und eine besonders schlimme Welle die Stadt ergriffen hat“, meinte Robbi. „Wir gehen der Sache auf den Grund, sind ja alle voll die Düse. Aber Popcorns Auftrag ist dringender.“ Er berichtete von dem Telefonat mit dem himmelblauen Handy.

„WO ist diese Funkanlage versteckt?“ Conrad glaubte, sich verhört zu haben, als Robbi es aussprach.

„In einem versteckten Keller unter der Tanzschule *Spitzenschuh*!“

Alle Jungen kannten die Tanzschule, in der Mädchen in Tutu-Röckchen und harten Schuhen mit wichtigtuerischen Gesichtern vor hohen Spiegeln stolzierten.

„Wie sollen wir dort hineinkommen?“, fragte Conrad schockiert. Einen Moment hatte er sich schon in einem solchen abstehenden Röckchen aus Tüll gesehen und der Angstschweiß war ihm auf die Oberlippe getreten.

„Ich lasse mir bis morgen etwas einfallen“, versprach Robbi, der sich immer gerne als Anführer der Hot Dogs sah.

Mäx und er wollten unbedingt die Lernbrille ausprobieren. Morgen war noch genug Zeit, Popcorns Auftrag auszuführen.

Die beiden Jungen hatten keinen blassen Schimmer, was sie am nächsten Tag alles erwarten würde. Sie ahnten nicht einmal, was ihnen noch in derselben Nacht bevorstand.

## Sabrina dreht durch wie üblich

Die Lernbrille bestand den Test mit der Note „Ober-affen-mega-spitzenmäßig-geil". Robbi hatte sich mit ihr oben auf das Stockbett zurückgezogen, die Seiten aus dem Geografiebuch aufgeschlagen, die er lernen musste, die Krokodilsklemme angeschlossen und die Brille auf die Augen gelegt. Er zog die Gummibänder über die Ohren, damit sie nicht mehr verrutschen konnte. Nun hieß es warten.

Schon Sekunden später spürte er ein leichtes Prickeln hinter der Stirn. Er atmete tief ein und aus. Das Kribbeln verstärkte sich und wie Neonreklame leuchteten Ländernamen in seinem Kopf auf. Es dauerte nur eine Minute, dann war Robbi tief und fest eingeschlafen.

Ungeduldig stand Mäx auf der Leiter des Stockbetts und starrte Robbi an. Er sollte endlich aufwachen und die Lernbrille an ihn weitergeben.

Das rote Kabel zitterte leicht. Mäx bildete sich ein, Blitze vom Buch zur Brille kriechen zu sehen.

Damit sie nicht von den Eltern oder Sabrina überrascht würden, hatte Mäx eine Stuhllehne unter die Türklinke geklemmt. Es polterte daher heftig, als Sabrina ohne anzuklopfen in das Zimmer der Jungen stürzen wollte. Die Krautstampfer mussten heimgezahlt werden. Zornig trommelte sie mit den Fäusten gegen die Holzfüllung und verlangte, sofort eingelassen zu werden.

Robbi schnarchte leise und gleichmäßig und bekam davon nichts mit.

„Tür klemmt!“, log Mäx. Leider glaubte Sabrina so etwas nie. Ihr Bruder kannte aber zum Glück den einzigen Trick, mit dem sie sofort wegzulocken war. Er ließ seine Funkarmbanduhr aufklappen und tippte auf der Mini-Tastatur die Nummer von Sabrinas Handy ein. Die Verbindung wurde aufgebaut und das Freizeichen ertönte. Schnell drückte Mäx mithilfe eines Stiftes in Zahnstochergröße die winzigen Tasten. Er gab den Namen von Sabrinas neuem Herzbuben ein, einem Jungen mit Schmachtlocke, für den sie schwärmte. Er hieß Walter und hatte eine tiefe, rollende Stimme.

In Sabrinas Zimmer spielte das Handy die Melodie eines kitschigen Liebeslieds. Wie erwartet vergaß sie die Rache an den Brüdern und stürmte los, um abzuheben.

„Hallo, Sabrina spricht“, säuselte sie und versuchte, besonders erwachsen zu klingen.

Mäx konnte jetzt sagen, was immer er wollte. Das Mikrofon der Armbanduhr verwandelte seine Stimme in das Schnurren von Walter.

„Hallo, du Schönste der Schönen. Hier Walter!“

„Och!“ Mehr brachte Sabrina nicht heraus.

„Wie geht es meiner Herzkönigin?“

„Och!“, seufzte Sabrina wieder.

Es wunderte Mäx nicht, dass die Jungen Sabrina sehr schnell wieder verließen. Mit ihr zu sprechen schien unmöglich.

„Weißt du, was mir an dir besonders gefällt?“, fuhr Mäx mit der Walterstimme fort.

„Och!“

„Deine Brüder!“

„Häääá?“ Na, wenigstens ein anderer Laut von Sabrina.

„Ein Mädchen, das zwei so ausnehmend clevere und flotte Brüder hat, muss einfach Klasse haben. Wie du, Baby!"

Langsam wurde Mäx von so viel Gesülze übel. Zu Schmalz sollte man dicke Scheiben Brot essen, dachte er.

„Muss jetzt los zum Training", sagte er deshalb und verabschiedete sich.

„Tschauuuuuu", flötete Sabrina, und bevor sie auflegte, war noch ein letztes, seufzendes „Och!" zu hören.

Aus dem Wohnzimmer ertönte die Kennmelodie der Neunuhr-Nachrichten.

Aus Sabrinas Zimmer drang ein Klirren, als wäre Glas oder Porzellan zerbrochen.

Neugierig geworden schlich Mäx auf den Flur und spähte durch den Türspalt. Er riss die Augen weit auf, weil er nicht fassen konnte, was sich vor ihm abspielte.

Seine große Schwester hatte die Arme weggestreckt und drehte sich auf der Stelle. Sie drehte und drehte und drehte sich wie eine Windmühle, den Mund weit offen. Das Klirren war ein Porzellanelefant gewesen, den ein Junge auf dem Rummelplatz für sie geschossen hatte. Sabrina hatte ihn gehütet wie einen Schatz und auf einem Stückchen rotem Samt auf dem Regal aufbewahrt. Bei ihrem wilden Gewirbel schien sie ihn heruntergefegt zu haben.

Immer schneller drehte sie sich, dazu gab sie einen hohen, langen Ton von sich.

War sie übergeschnappt? Hatte es mit dem Telefonat von vorhin zu tun? Mäx fühlte sich ein bisschen schuldig.

„He, Sabrina!", sagte er leise. Die Schwester bemerkte ihn nicht. „Haaaaalllooo, Sabrina!" Keine Reaktion. Sie drehte sich in einem fort. Noch immer befürchtete Mäx, an ihrem seltsamen Verhalten schuld zu sein. Deshalb schlüpfte er in ihr Zimmer. Mit beiden Händen fing er einen der ausgestreckten Arme und versuchte, die Schwester aufzuhalten. Das aber erwies sich als Schwerstarbeit, weil sie drängte, stemmte und energisch ruckte. Sie versuchte, sich loszureißen, um den seltsamen Tanz fortzusetzen. Dabei kam sie der Zimmertür gefährlich nahe. Mäx hängte sich mit seinem ganzen Gewicht an ihre Hand und riss sie zu Boden.

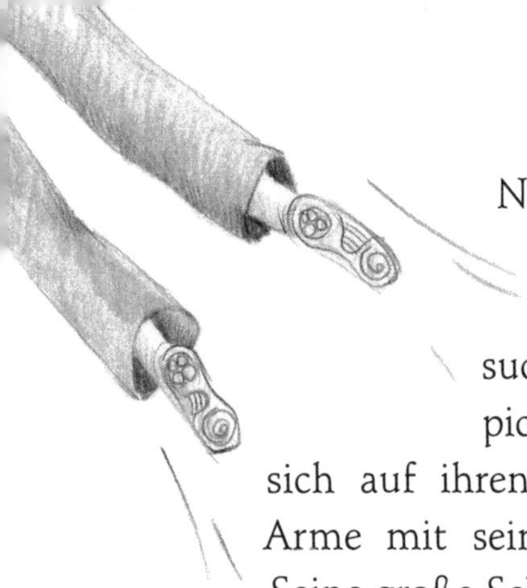

Noch immer hörte Sabrina nicht auf. Da sie sich nicht mehr drehen konnte, versuchte sie nun, über den Teppich zu rollen. Mäx musste sich auf ihren Rücken hocken und ihre Arme mit seinem Körper niederdrücken. Seine große Schwester verfügte auf einmal über Kräfte wie eine Bärin.

„Mäx?", hörte er seinen Vater draußen auf dem Flur rufen.

Wenn er Mäx so sehen würde, könnte er nur einen Schluss ziehen: Mäx hatte sich mit seiner Schwester geprügelt. Das würde bestimmt eine Strafe geben, auf die Mäx gerne verzichten würde.

Mit ihren übermenschlichen Kräften schüttelte Sabrina ihn ab. Es kam für Mäx überraschend, und bevor er flüchten konnte, hatte Sabrina ihn schon in die Höhe gerissen, packte seine rechte Hand, schlang sich die Linke um die Hüfte und begann, mit ihm zu unhörbarer Musik zu tanzen. Mäx wurde zuerst schwindelig, dann schlecht. Sabrina schwenkte ihn wie eine Puppe, bis Mäx' Schuhe die Bodenhaftung verloren.

„Sabrina?“ Als Herr Amsel den Kopf in das Mädchenzimmer steckte, flog ihm sein jüngster Sohn entgegen, knallte gegen seine Brust, stieß ihn hinaus in die Diele und landete mit ihm auf dem Parkett.

„Sabrina?“ Herr Amsel half Mäx auf und tastete prüfend seine Arme und Beine ab. „Hast du dir etwas gebrochen, Kleiner?“

Stumm schüttelte Mäx den Kopf.

„Sabrina, was hast du da gerade mit Mäx gemacht?“, schimpfte der Vater und schüttelte verständnislos den Kopf.

Noch immer drehte sich Sabrina um die eigene Achse, wurde aber auf einmal schwindelig, verlor das Gleichgewicht, stolperte und landete mit dem Hinterteil im Papierkorb. Sie blieb darin stecken, und als sie wieder aufstand, konnte sie nur gebückt gehen, da sie den Papierkorb hinten wie einen übergroßen Entenbürzel trug.

„Was ist nur in sie gefahren?“, fragte Herr Amsel.

Eine Frage, auf die auch Mäx gerne eine Antwort bekommen hätte. Mittlerweile war er sicher, dass es nichts mit dem Telefonat zu tun hatte. Aber was war sonst in Sabrina gefahren? Gab es in der

Stadt so etwas wie Wahnsinnswanzen, die Leute bissen, worauf diese völlig durchdrehten?

In sich hineinkichernd kehrte Mäx in das Jungenzimmer zurück. Falls es solche Wanzen gab, wurde Sabrina bestimmt jeden Tag von einer oder gleich mehreren gebissen.

Robbi war wieder aufgewacht und sagte Ländernamen und die dazugehörigen Hauptstädte auf. Er war selbst über sein Wissen erstaunt.

„Kann sie alle!", verkündete er freudig.

Mäx nahm ihm die Brille ab, holte das eigene Geografiebuch und wollte die Krokodilklemme anschließen.

„Ab ins Bett ihr zwei", kam vom Flur die Stimme des Vaters.

Nach dem Zähneputzen streckte sich Mäx im Bett aus. Da er nicht mehr pauken musste, schmökerte er noch in einem Comic. Es war die Geschichte eines schleimigen Monsters namens

Schlabberwoki, das eine Stadt bedrohte und dort mit Lauten wie „Schlürfowatz“, „Schleimontzki-Pontzki-Wontzki“ und „Blubberofski-Pofski“ die Menschen in Angst und Schrecken versetzte.

Bevor Mäx die Augen zufielen, schaffte er es gerade noch, die silbrige Brille aufzusetzen. Das Kribbeln im Kopf bekam er nicht mehr mit, weil er schon eingeschlafen war. Sein Comicheft war neben das Geografiebuch gerutscht. Die erste Zeit strömten die Namen von Städten, Flüssen und Meeren in sein Gehirn. Als er sich aber ruckartig wegdrehte, löste sich die Krokodilklemme vom Geografiebuch. Etwas später rollte Mäx wieder auf die andere Seite und die Klemme berührte das Comicheft. Da die Lernbrille nicht unterscheiden konnte, ob Informationen nützlich waren oder nicht, übertrug sie alle Begriffe, die sie im Comic fand, direkt in Mäx' Kopf.

## TP7 TS TS TS

„Raus aus den Federn!“ Robbis Stimme klang weit entfernt. Wieso aber löste sie ein Erdbeben aus? Unter Mäx wackelte der Boden so heftig, dass er schließlich sogar in die Tiefe stürzte.

Der Fall dauerte nicht allzu lange, die Landung aber war hart. Sehr hart. Eisige Kälte umgab ihn. War er im Eismeer?

„Wach endlich auf!“

Mäx’ Augen waren verklebt. Um sie zu öffnen, musste er die Finger zu Hilfe nehmen. Er lag auf dem Boden vor dem Stockbett, neben ihm kniete Robbi, in der Hand einen triefenden Waschlappen, aus dem er kaltes Wasser auf Mäx drückte.

Es hatte kein Erdbeben gegeben. Robbi hatte den Bruder nur so fest an der Schulter gerüttelt.

„Wispäisn?“ Das war kein Kürzel der Hot Dogs, sondern hieß in der verschlafenen Sprache von Mäx „Wie spät ist es denn?“.

„Kurz nach sechs!“

„Mitternacht. Will schlafen. Noch müde!“, raunzte Mäx.

„Mach Meter, du faules Teil“, schimpfte Robbi. Da alles nichts nützte, wandte er einen Geheimtrick an. Aufgeregt flüsterte er Mäx ins Ohr: „Dein Kleiner wurde entführt. Er ist fort.“

Das wirkte! Mäx schnellte hoch, stürzte zu seinem Kleiderschrank, riss die Lade mit den Socken und Boxershorts heraus und griff dahinter in ein verstecktes Fach. Seine Finger berührten etwas Weiches, Samtiges und zogen es behutsam nach vorne. In seinen Händen lag ein grünblaues, knubbeliges Wesen mit sieben Beinen und drei Augen an langen Stielen. Müde blinzelte eines der Augen ihn an. Die Beinchen strampelten und versuchten, ihn wegzustoßen.

Liebevoll schmiegte Mäx seine Wange an das kleine Wesen. Sofort fiel dem Kleinen das Auge wieder zu und die Beinchen hingen entspannt links und rechts an Mäx' Hand herab.

Der Kleine, ein außerirdisches Wesen, war aus einem Ei geschlüpft, das Mäx selbst ausgebrütet hatte. Da der kleine Außerirdische ihn als Ersten erblickt hatte, hielt er ihn für seine Mutter und fühlte sich nur in seiner Nähe wohl. Die AAA hatte ihn wegholen wollen, ihn aber bald wieder zurückgebracht, weil er ohne Mäx krank geworden war. Erleichtert legte Mäx seinen Schützling in das Versteck zurück. Der Kleine hielt seit einigen Wochen eine Art Frühlingsschlaf, laut Popcorn und den Experten der AAA sollte er dabei so wenig wie möglich gestört werden.

Robbis Plan hatte geklappt: Mäx war hellwach.

„Viele Grüße an die Füße", sagte er entschuldigend. „Wir müssen los. Conrad und Jian-Dong die Lernbrille bringen. Die beiden haben Bedarf."

Mäx nickte und gähnte herzhaft.

„Wir treffen uns mit ihnen bei der Ballettschule. Während sie sich mit der Brille Geo in den Kopf pumpen lassen, nehmen wir uns den Keller vor."

Wieder nickte Mäx.

Robbi verständigte die anderen beiden mithilfe der Funkuhr. TP7 TS TS TS tippte er ein. TP7 verstanden sie sofort. Es bedeutete: Treffpunkt sieben Uhr. TS war die Abkürzung für Tanzschule. Die beiden anderen TS hatte Robbi nur hinzugefügt, weil es besser klang.

Conrad und Jian-Dong wussten sofort, dass Robbis früher Funkspruch etwas Wichtiges bedeutete. Für beide gab es nur das Problem, wie sie ihren Müttern den zeitigen Aufbruch von Zuhause erklären sollten.

Jian-Dong sah auf die andere Seite seines Zimmers, wo unter den Postern der Karatestars, die er verehrte, Cousin Hong schnarchte. Die Decke sah wie ein schlafendes Gebirge aus. Schnell schlüpfte Jian-Dong in Jeans, T-Shirt und seine Lieblingsjacke mit dem aufgestickten Drachen.

Neben dem niedrigen Notbett ging er in die Hocke und flüsterte Cousin Hong ins Ohr: „Dicker Bauch kriegt heute nix!“

Hong öffnete nur ein Auge.

„Mama will dich drei Tage lang hungern lassen“, raunte Jian-Dong warnend. Er sagte es mit der Miene und in dem Tonfall eines besonders guten Freundes. „Wenn langer Winter bevorsteht, der Hamster legt große Vorräte an.“

Hong verstand ihn sofort. Mit einem Wimmern erhob er sich und tappte im langen weißen Nachthemd Richtung Küche. Tollpatschig und noch halb schlafend stieß er dort als Erstes den hohen Stapel Kochtöpfe um. Das Scheppern war noch drei Häuser neben den Lees zu hören.

Frau Lee kam sofort aus dem Schlafzimmer geschossen. Sie vermutete, Cousin Hong könnte Schlafwandler sein und müsse jede Nacht an die Leine gelegt werden. Für die nächsten zwei Stunden war sie mit ihm beschäftigt und Jian-Dongs Verschwinden würde ihr nicht allzu sehr auffallen. Unbemerkt konnte er sich aus dem Haus schleichen.

Conrads Mutter wankte laut gähnend aus dem

Schlafzimmer. Sie war von Beruf Maskenbildnerin beim Theater, wo sie jeden Abend alle Schauspieler schminkte, und ging deshalb nie vor zwei Uhr morgens ins Bett.

Conrad holte Baggy und Trucker, seine Hunde. Baggy, die aussah wie eine kleine zottige Handtasche, und Trucker, der längste Dackel der Stadt, der an einen Truck, einen langen Lastwagen, erinnerte, freuten sich über den Spaziergang, den Conrad ihnen versprach. Frau Schneuzer, die sich gerade ihre erste Kanne Kaffee machte, nickte nur mit halbgeschlossenen Augen in Conrads Richtung.

Mäx und Robbi flunkerten ihren Eltern etwas von „Geo-lernen-mit-den-anderen“ vor und erhielten ein zustimmendes „Gut, gut“. Während Robbi in seine weiten Hosen mit den vielen aufgenähten Taschen schlüpfte und ein T-Shirt mit heulenden Werwölfen anzog, tippte er auf dem Computer herum. Er suchte nach der genauen Adresse der Tanzschule *Spitzenschuh* und fand auf deren Seite im Internet die Ankündigung, dass jeden Donnerstag von sieben Uhr bis acht Uhr der „Geheime-Jungen-Schnupper-Treff“ stattfand. Was das wohl war?

Die Jungen waren schon an der Haustür, als sie Geräusche aus Sabrinas Zimmer hörten. Was ging diesmal hinter der Tür vor sich? Drehte die Schwester schon wieder durch? Mäx musste das Ohr an das Holz legen. Drinnen hörte er Sabrina säuseln: „Oh, du Gutschi-Gutschi-Mutschi.“

Nach dem Windmühlenanfall von gestern Abend schien sie jetzt der Babysprachen-Blitz gestreift zu haben.

„Küsschen, gib Küsschen!“

Mit wem redete sie da? Mäx drückte die Klinke mit beiden Händen hinunter und schaffte es, die Tür lautlos zu öffnen.

Sabrina saß im Nachthemd vor dem Bildschirm ihres Computers und küsste ihn.

„Dulli, dulli, döööööö!“, machte sie.

„Ma-ma!“, tönte es hoch und schnarrend aus dem Computer.

Vor Entzücken schlug Sabrina die Hände zusammen und lehnte sich zurück. Sie gab so den Blick auf den Monitor frei und Mäx sah ein Wesen mit schwarzem Zottelfell, das aussah wie ein Fußball, den jemand in starkem Haarwuchsmittel gebadet hatte. Das Tier besaß zwei Kulleraugen und ein breites Maul. Drollig klappte es Letzteres auf und zu. „Ma-ma!“, brachte es noch einmal mit einiger Anstrengung hervor.

„Küsschen, Baby, Küsschen!“, quiekte Sabrina selig und küsste den Bildschirm erneut.

Mäx schloss die Tür und folgte Robbi, der schon auf der Treppe wartete. Sabrina hatte sich tatsächlich dieses Computerprogramm gekauft, das billig in einem Elektroladen angeboten wurde. Es erzeugte ein künstliches Haustierchen, dessen Aussehen man selbst bestimmen konnte. Das Tier musste gefüttert und erzogen werden, wollte spielen und brauchte Training. Mäx kicherte in sich hinein, weil er fand, dass Sabrinas Zotteltier ihr sehr ähnlich war. Fehlten nur die Krautstampfer!

Noch nie zuvor war einer der Hot Dogs so zeitig am Morgen aufgebrochen. In den Straßen der Stadt war es ungewohnt ruhig. Die Tanzschule lag zum Glück nicht weit von ihrer Schule entfernt.

Sie war in einem alten Fabrikgebäude untergebracht. Der hohe Backsteinschlot war bemalt worden und sah aus wie das lange Bein einer Tänzerin mit geschnürtem Spitzenschuh.

Über dem Eingang der Tanzschule baumelten an einer Stange zwei übergroße rosafarbene Spitzenschuhe aus Blech. Conrad und Jian-Dong trafen zur gleichen Zeit ein wie die Amsel-Brüder. Während Baggy unternehmungslustig kläffte, schnüffelte Trucker an den Stufen zum Eingang und hob das Bein.

Robbi zeigte den beiden die Lernbrille, die im Licht der Morgensonne glitzerte.

„Wir schleichen hinein, ihr sucht euch ein ruhiges Plätzchen, und jeder setzt das Ding eine halbe Stunde lang auf“, kommandierte Robbi. „Mäx und ich nehmen uns den Keller vor.“

Glücklich, die möglichen Prüfungsqualen des Geografie-Folterknechts unbeschadet zu überstehen, schnappte Conrad die Lernbrille, band die Hunde am Fahrradständer an der Hauswand an und öffnete die graue Blechtür.

In der Luft lag der Gestank von Turnsaalgarderoben. Hier schien man stark zu schwitzen. Über den Köpfen der Hot Dogs, die hinter Conrad nachdrängten, baumelten an langen Seidenbändern viele fleischfarbene Spitzenschuhe.

Mäx rümpfte die Nase. „Wie nennt man das? Schweißfuß-Stinkangriff?"

Von großen Fotos strahlten den Jungen Mädchen entgegen, die Pirouetten drehten und die Arme zu einem Bogen über dem Kopf geformt hatten. Eine weiße Holztür stand halb offen und gab den Blick frei auf einen kleinen Abstellraum, in dem Besen, Schrubber und Putzmittel gelagert wurden.

„Sieht sauber aus!", stellte Conrad beruhigt fest, drückte Jian-Dong die Lernbrille in die Hände und ließ ihm den Vortritt. Jian-Dong und er verschwanden in der Kammer und schlossen hinter sich die Tür.

„Wo geht's in den Keller?", überlegte Robbi laut.

Da ertönte hinter ihnen eine drohend gesenkte Stimme: „Ha! In die Falle gegangen!"

Robbi und Mäx sprangen gleichzeitig in die Höhe und drehten sich in der Luft herum. Die funkelnden Augen einer Riesenkobra starrten auf sie herab.

## Geheimer-Jungen-Schnupper-Treff

Sie überragte Mäx und Robbi um mindestens drei Köpfe. Auch wenn die Kobra schnell als Frau in einem hautengen Trikot zu erkennen war, minderte das nicht ihre Furcht einflößende Erscheinung. Ihre Handgelenke und Beine steckten in netzartigen Schläuchen, die sie wärmen sollten. Das pechschwarze Haar hatte sie so fest nach hinten gezogen und zu einem energischen Knoten gebunden, dass ihre Mundwinkel bis zu den Ohrläppchen hochgerutscht waren.

„Talentierter Sprung!", stellte die Kobra fest. Ihre honiggelben Augen fixierten Mäx. „Du hast Kraft in den Beinen. Das braucht ein guter Tänzer." Die Frau umrundete den erschrockenen Robbi und den nicht weniger erschrockenen Mäx. Prüfend wanderte ihr Blick an den beiden auf und ab, als wollte sie sich einen der zwei zum Frühstück auf eine Scheibe Toast legen.

Robbi fasste sich und stopfte die Hände in die ausgebeulten Hosentaschen. Breitbeinig baute er sich vor ihr auf, um zu zeigen, dass es sich bei ihm um einen echten Kerl und nicht um so ein Tissi-Tussi-Ballettmädchen handelte. Mäx tat es ihm nach und zog dazu noch heftig durch die Nase auf. Er hatte Lust, auf den Boden auszuspucken, traute sich dann aber doch nicht.

Die Kobrafrau blieb vor Robbi stehen. „Längere Beine wären besser, dein Hals ist zu dick, und ab heute wird gehungert, du kleiner Knubbel!“ Robbi blickte zur Seite und tat, als könnte mit dieser Beschreibung niemals er gemeint sein. „He, ich rede mit dir!“,

sagte die Frau und stieß den ausgestreckten Zeigefinger in seine Richtung, als wollte sie ihn aufspießen und grillen.

„Was ist denn das für eine Vogelscheuche?“, raunte Mäx seinem Bruder zu.

„Aus dir kann man was machen, wenn man dich jeden Tag eine Stunde lang an den Ohren zieht, damit du länger wirst“, ertönte in diesem Moment ihr Urteil über Mäx.

Die Brüder schnaubten beleidigt. Robbi machte es wütend, wenn ihn jemand dick nannte. Er hatte schwere Knochen und ein bisschen Speck, der aber beim Eishockeyspiel eine ausgezeichnete Polsterung darstellte.

Die Arme zur Seite gestreckt schob die Frau Mäx und Robbi durch eine Tür in einen muffigen, kalten Umkleideraum. „Trainingsgewand liegt bereit. Schlüpft hinein. Mein Name ist übrigens Thekla. Wie die Spinne in der Geschichte von der Biene Maja.“ Sie bewegte Arme und Beine, als wären sie aus Gummi. Mäx erschien sie dabei wirklich wie eine vierbeinige Spinne. „Mir entkommt keiner, der mir einmal ins Netz gegangen ist.“ Ihr Lachen war siegessicher. Mit einem Knall schloss sie die

Tür, um aber sofort von draußen zu warnen: „Ich stehe hier und warte.“

Das Erste, wonach die Amsel-Brüder Ausschau hielten, war ein Fenster. Aber der Raum besaß nur einen Lüftungsschlitz, in dem sie schon mit der Hand stecken bleiben würden.

Stumm deutete Mäx auf zwei Kleiderhaken. Von ihnen baumelten schweinchenrosa Trikots mit angenähten Tüllröckchen.

Sollten sie das anziehen?

Vor der Tür gurrte die Tanzlehrerin: „Wo bleiben meine beiden Lieblingsschüler? Muss ich euch holen?“

Mäx griff so vorsichtig nach dem Trikot, als könnte es ihn beißen. „Wir tun besser, was sie will. Sonst schleudert sie mich wie gestern Sabrina.“ Darauf hatte er keine Lust.

„Ich glaub, ich kriege Düsensausen“, knurrte Robbi.

Die Tür wurde einen Spalt aufgezogen und Thekla streckte den Arm herein. Wie der Tentakel eines Tiefseekraken tastete er nach seinen Opfern.

„Wo sind denn meine beiden Schnupperschüler? Kommt zu Thekla tanzen!“

„Die hat wohl die Düse verstopft!“, schnaubte Robbi.

„Hast du einen Plan?“, drängte Mäx.

Zerknirscht musste Robbi eingestehen, nicht einmal ein Plänchen zu haben.

„Dann rein da!“ Mäx drückte ihm Trikot samt Röckchen an die Brust und stampfte energisch mit dem Fuß auf.

Der Umkleideraum erbebte. Unter ihren Schuhsohlen zitterte der Steinboden. Die Amsel-Brüder wechselten einen alarmierten Blick. Kam das aus dem geheimen Keller?

„Muss ich euch holen?“ Der Krakenarm winkte ungeduldig.

„Ich glaub, mir platzt gleich die Düse“, jammerte Robbi, während er sich in das Schweinchentrikot zwängte. Seine Speckfalten um den Bauch herum traten unter dem straffen glänzenden Stoff besonders groß hervor. So dick war er wirklich nicht. Das Schlimmste aber war sicherlich das Tutu-Röckchen, das seitlich wegstand. Nur der ebenso komische und lächerliche Anblick von Mäx im Ballettkleidchen konnte Robbi ein wenig beruhigen.

„Ich erwarte euch im Tanzsaal, in zehn Sekunden! Zehn, neun, acht …“ Thekla zählte einen Countdown, während sie Richtung Tanzsaal schwebte. Was blieb den Brüdern anderes übrig, als ihr zu folgen? Wenn nur Conrad und Jian-Dong sie nicht in diesem Aufzug sahen!

Robbi und Mäx standen mitten im Vorraum, als durch die Tür Conrads Schwestern Conny und Bibi traten. Conny blies die Backen auf, die kleine Bibi begann gackernd zu lachen.

Die Tür der Abstellkammer wurde einen winzigen Spalt geöffnet und Conrad spähte heraus. Als er seine Freunde in Tutus sah, presste er die Lippen zusammen und bekam einen tomatenroten Kopf.

Schnell schloss er die Tür wieder und drückte sich den Ärmel seiner Anzugjacke vor den Mund. Der Stoff dämpfte sein Lachen.

„Doofianer! Doofianer! Jungs sind alle Doofianer!“, begann Bibi zu singen.

Die Mädchen waren wild auf Farben, was aufgrund ihrer Haare und Klamotten nicht zu übersehen war. Bibis Schopf leuchtete mintgrün, Conny hatte ein Blitzblau gewählt. Blassgelb, grasgrün, kirschrot und ekelig ockerfarben waren ihre Pullis, Jacken, Hosen und Röcke.

„Selber Doofianer!“, schnaubte Mäx und flüchtete in den Tanzsaal. Robbi folgte ihm. Verärgert stellte er fest, dass er tatsächlich auf den Zehenspitzen trippelte.

„Mir platzt bald die Düse“, jammerte er vor sich hin.

Da bebte der Boden erneut.

Thekla stand vor einem Spiegel, der die ganze Wand einnahm, und hielt sich an einer langen Stange fest. Das gestreckte Bein hatte sie so hoch gehoben, als ob sie damit eine Glühbirne wechseln wollte.

„Ach, immer diese U-Bahn“, jammerte sie.

„Hier fährt keine U-Bahn!“, bemerkte Robbi.

Die Tanzlehrerin drehte sich, nur auf der Zehenspitze hüpfend, das andere Bein noch immer über dem Kopf, zu ihm herum. „Keine U-Bahn? Was kracht dann ständig?“

Durch die Tür des Tanzsaales drängten Conny und Bibi.

„Bitte, Frau Thekla, bitte sehr!“ Conny meldete sich wie ein artiges Mädchen in der Schule. „Meine Schwester Bibi will auch bei Ihnen Ballettstunden nehmen. Kriege ich jetzt die gratis Beinwärmer, weil ich eine neue Schülerin gebracht habe?“

„Erst, wenn deine Schwester eingeschrieben ist und die Kursgebühr bezahlt wurde!“, erklärte Thekla streng.

Conny maulte enttäuscht herum.

„Ich bin extra so früh aufgestanden, um Bibi noch vor dem Kindergarten herzubringen. Das finde ich gemein. Sie haben gesagt, für jede neue Schülerin gibt es ein Paar Woll-Beinwärmer.“

„Lenk sie ab“, raunte Robbi Mäx zu. „Tanz!“ Er selbst wollte die Gelegenheit nutzen, sich aus dem Saal zu stehlen und den Abgang in den Keller zu suchen.

Was Mäx tat, das machte er voll und ganz. Als begeisterter Breakdancer fand er Ballett – bis auf das Röckchen – nicht einmal so schlecht. Er hob die Arme über den Kopf und wirbelte wie ein Hurrikan um Thekla herum. Dazu jauchzte er: „Habe ich Talent?"

Conny raunzte ohne Ende über die Beinwärmer, Bibi greinte, dass sie ohnehin lieber zum Judo gehen wolle, Mäx rempelte mit seinen Pirouetten absichtlich einmal die eine, dann die andere, und die Ballettlehrerin geriet immer mehr in Zorn. Als sie bellend „Still! Weil ich das so will!" keifte, war Robbi schon unbemerkt verschwunden.

Aus der Abstellkammer kam ihm ein verschlafener Jian-Dong entgegen. Hinter ihm schnarchte es leise. Robbi sah Conrad auf dem umgedrehten Eimer sitzen, den Rücken kerzengerade, die Hände im Schoß verschränkt. Selbst im Schlaf ein Baron. Aus dem Geografiebuch übertrug die Wunderbrille die längsten Städtenamen in Sekundenschnelle in seinen Kopf.

„Ist doch voll die Düse die Brille", sagte Robbi zu seinem chinesischen Freund.

„Ich kriech an Land", brabbelte Jian-Dong.

„Was?“

„Griechenland!“, brachte er nach mehreren Anläufen heraus.

„Wir kriechen jetzt in den Keller. Komm mit!“

„Ich gähn mein Mark!“, klagte Jian-Dong.

Robbi begann, sich Sorgen zu machen. Hatte die Brille bei Jian-Dong nicht funktioniert?

„Dänemark“, verbesserte sich der Chinese.

Es war jetzt keine Zeit, lange darüber nachzudenken. Robbi riss eine Tür nach der anderen auf, bis er hinter der vierten eine dunkle Treppe fand, die nach unten führte. Ob es die richtige war? Bestimmt ging hier öfter jemand in den Keller. Eine Funkanlage müsste doch entdeckt werden.

Im Umkleideraum schrillte die Schulglocke und meldete einen neuen Anruf von Popcorn. Robbi fühlte sich im Tanztrikot wie eine Wurst in der Pelle. Das Trikot hinderte ihn am Gehen und ließ nur einen schwankenden Robotergang zu. Dennoch eilte er, so schnell er konnte, in den Umkleideraum zurück und zog das himmelblaue Handy aus einer seiner Hosentaschen. Es war gut, dass Popcorn sich meldete, Robbi hatte ein paar dringende Fragen an ihn.

## Geheimzugang Schleuderprogramm

Auf dem kleinen Bildschirm des Handys tauchte das Gesicht von Popcorn auf.

„Hot Dogs, ich bekomme soeben gemeldet, dass unsere Experten die neuen Funkstrahlen identifizieren konnten."

„Wir sind in der Tanzschule und wollten gerade in den Keller", erstattete Robbi Bericht.

„Seien Sie auf der Hut. Es handelt sich um Funksignale, wie sie zum Fernsteuern verwendet werden. In ihrer Stärke aber sind sie hundertmal gefährlicher. Wir haben den Verdacht, sie könnten eingesetzt werden, um Menschen zu lenken."

„Eine Fernsteuerung für Menschen?" Robbi kratzte über den Kamm, zu dem er seine Haare immer aufstellte. Er musste an die Frau in der Galerie denken. Ihm fiel ein, was Jian-Dong vom Koch in ihrem Restaurant erzählt hatte. Auch Sabrinas plötzlicher Windmühlenanfall passte dazu. Nur die Klostimme, die Conrad gehört hatte, ließ sich nicht erklären. Noch nicht.

Robbi schwang das Handy hin und her, während er nachdachte. Eine wichtige Kleinigkeit fiel ihm erst jetzt auf: Gestern hatten alle rätselhaften Vorfälle zur gleichen Zeit stattgefunden: Um fünf Uhr und um neun Uhr. Konnte es wirklich so sein, dass von der Anlage unter der Ballettschule Signale gefunkt wurden, die Menschen zu total wirren Verrücktheiten veranlassten?

Der Techniker in Robbi hatte jetzt viele Fragen. Er hob das Handy vor sein Gesicht, sah aber keinen Popcorn. Da tauchte der Agentenchef ächzend von unten auf. Unter heftigem Schnaufen ließ er sich in den Bürostuhl mit der hohen Lehne fallen. Noch immer schwankte er wie nach einer Fahrt auf dem Dreier-Looping.

„Tun Sie das nie wieder, Hot Dog! Wenn ich mit Ihnen rede, haben Sie mir in die Augen zu blicken!“ Popcorn war grün im Gesicht. Schuldbewusst nahm Robbi gleich die zweite Hand zu Hilfe und hielt das Handy besonders ruhig.

„Wenn die Strahlen Menschen fernsteuern, dann müssen die Menschen doch einen Empfänger eingebaut haben. So funktioniert es jedenfalls bei jedem ferngesteuerten Auto.“

Popcorn schob die Augenbrauen zu einer buschigen Bürste zusammen: „Richtig.“ Er raschelte in den Papieren auf seinem Schreibtisch, beugte sich dann zur Seite und hieb in die Tasten des Computers. Seine Augen überflogen etwas auf dem Bildschirm. „Laut unseren Experten könnte der Empfänger über elektromagnetische Strahlung durch die Augen der Opfer eingepflanzt werden. Es handelt sich um eine Technologie, bei der der menschliche Körper angeregt wird, das Gerät selbst zu bauen.“

„Wie komme ich an die Funkanlage heran?“, wollte Robbi wissen.

„Der Zugang befindet sich in der Waschmaschine, Schleuderprogramm.“

Robbi war nicht einmal versucht zu fragen, ob es sich hierbei um einen Scherz handelte. Er wusste, es war keiner.

Hinter Popcorns Stuhllehne flammte eine rote Lampe auf. Das Licht drehte sich wie auf dem Dach eines Polizeiwagens. Außerdem ertönte quäkendes Hupen.

Die Hände auf die Tischkante gestemmt sprang Popcorn auf.

„Er verlässt das Versteck! Der Außerirdische verlässt das Versteck. Er wird in wenigen Sekunden bei Ihnen auftauchen, Hot Dogs. Halten Sie die Augen offen und machen Sie sich bereit, ihn zu überwältigen“, rief Popcorn aufgeregt.

Robbi schluckte trocken. „Womit?“ Seine Stimme klang auf einmal so schrecklich hoch.

„Sie besitzen genügend Geräte in Ihrer Ausrüstung! Wählen Sie die richtigen. Sie haben sie doch dabei!?“

„Nein!“, piepste Robbi. Er hatte das Gefühl, sein Haarkamm stelle sich noch steiler auf und sträube sich wie die Rückenhaare eines Hundes.

„Es ist Ihre Schuld, wenn in Kürze die ganze Welt nach der Pfeife dieses Monsters tanzen muss!“

Robbi wurde schlecht. Erstens hatte er kein Frühstück gehabt, zweitens bekam er im Trikot nicht genug Luft, und drittens fühlte er sich wie der schlimmste Versager aller Zeiten.

Ein neuerliches Zittern ging durch das Gebäude. Der Außerirdische musste ein Monster sein.

„Einsatz, Hot Dogs, ich verlange Ihren Einsatz und eine positive Bestätigung für die Erledigung des Auftrags! Sonst entziehe ich Ihnen Ihre Agentenlizenz. Haben Sie verstanden?" Noch nie zuvor hatte Popcorn so gebrüllt. Er war mit dem Gesicht sehr nahe an die Kamera gekommen, und seine Nase wirkte deshalb größer als sein ganzer Kopf. Danach riss die Verbindung ab.

Robbi stolperte in die Halle. Ziemlich durcheinander blinzelte Jian-Dong ihn an. In seinem Kopf tanzten alle gelernten Wörter und Zahlen.

„Raus! Alle müssen raus. Ein Monster. Im Keller hockt ein außerirdisches Monster. Es muss Tonnen wiegen und ist eine Gefahr für die gesamte Menschheit."

Da Jian-Dong sich nicht bewegte, gab Robbi ihm einen kräftigen Stoß in Richtung Tür. Dieser hielt den Schubs einen Moment lang für einen Angriff, weshalb seine Arme und Beine wie von allein durch die Luft sausten. Ein Kampfschrei aus tiefster Brust und Jian-Dong beförderte Robbi mit einem gekonnten Karatewurf zu Boden.

Robbi war völlig überrascht und wusste ein paar Augenblicke nicht mehr, wo oben und unten war.

Die Tür, hinter der er die Kellertreppe entdeckt hatte, wurde aufgestoßen. Der Stoß war so heftig, dass sie gegen die Wand krachte und dort ein großes Loch in die Mauer schlug. Dabei zerbrachen die Angeln, die Tür kippte nach vorn und zersplitterte auf dem Steinboden in ein Puzzle aus fast dreitausend Teilen.

Jian-Dong stand völlig erstarrt da. Robbi hatte sich halb aufgerichtet und erwartete das grässlichste Wesen zu sehen, von dem die Erde jemals gehört hatte.

Aus der dunklen Öffnung trat …

Jian-Dong zog verwundert sein Stirnband fester.

Robbi starrte mit offenem Mund, was ihm nur passierte, wenn er wirklich völlig von den Socken war.

Aus der dunklen Öffnung trat … eine alte Oma in einem weinroten Kleid mit Tupfen, mit kleiner Nickelbrille, dicken Strümpfen, hohen geschnürten Schuhen und einem kecken Strohhütchen. Ihr

Gesicht war hinter einem Schleier aus lila Tüll versteckt. Das breite Hinterteil schwingend wackelte sie durch die Halle an den Jungen vorbei, ohne ihnen auch nur einen einzigen Blick zu gönnen. Über dem Arm der alten Dame hing eine bauchige Lederhandtasche in Graugrün. Die Oma eilte zum Ausgang und schlüpfte in den Morgen hinaus.

„Monster, he?“, meldete sich Jian-Dong.

Robbi war genauso ratlos wie Jian-Dong. Wie der schrecklichste Außerirdische aller Zeiten hatte die Oma nicht ausgesehen. Höchstens ihre Hände waren etwas dünn und ihre Finger sehr, sehr dürr.

Wer war sie?

Aus dem Tanzsaal schoss Thekla. Sie hüpfte wie eine Gazelle zum Ausgang der Oma hinterher. „Stehen bleiben, das ist mein Kostüm! Halt!“

Kostüm? Der Außerirdische hatte sich also verkleidet.

„Jian-Dong, der Oma nach. Sie ist außerirdisch." Robbi fuchtelte mit den Händen, um den Freund anzutreiben.

„Und du?"

„Keller! Ich sehe mir die Funkanlage an."

Im Tanzsaal heulte Bibi schlimmer als jede Sirene, und Conny schimpfte über Thekla und die Beinwärmer, die sie nicht bekam. Mäx, der mit beiden Händen das Röckchen hinunterdrückte, traf in der Halle auf Robbi.

„Mitkommen!", befahl der große Bruder und Mäx gehorchte.

Die Treppe in den Keller war uralt und in der Mitte ausgetreten. Die nackten Backsteine der Wände waren überzogen von einer weißen Schicht, die wie Schimmel aussah. Es roch nach feuchtem Mauerwerk und alten Koffern.

Der Keller bestand aus einem einzigen niedrigen Raum. Auf Kleiderständern hingen schlappe Hosen, Röcke, Fräcke und Uniformen. Bestimmt fanden diese Kostüme Einsatz bei den jährlichen Aufführungen der Tanzschule.

Rechts an der Wand stand eine Waschmaschine, die uralt sein musste. Das Blech war braun lackiert, die Trommel riesig.

„Schleudergang starten, wenn ich drin bin!“, trug Robbi Mäx auf. Bevor der kleine Bruder sich wundern konnte, war Robbi schon in die Waschmaschine geklettert. Er musste den Rücken und die Beine verbiegen wie ein Gummimensch, den wenigen Platz, der vor seinem Bauch blieb, füllte er mit den Armen. Bewegen konnte er sich nicht mehr.

„Und wie viel Grad soll ich einstellen? Auch Weichspüler und Vorwäsche?“, hörte er Mäx vor der Waschmaschine fragen.

„Nur Schleudergang“, quetschte Robbi hervor. „Mach!“

Mäx wusste aus Erfahrung, dass es manchmal besser war, dem großen Bruder nicht zu widersprechen, auch wenn man seinen Auftrag für völlig durchgeknallt hielt. Mit beiden Händen drückte er die runde Glastür der Waschmaschine zu, warf einen letzten Blick auf Robbi, der darin aussah wie ein Rollmops, drehte den Schalter auf Schleudern und drückte die START-Taste.

Zuerst summte es, dann setzte sich die Trommel in Bewegung. Mäx riss sich seine Wollkappe vom Kopf und biss hinein.

Robbi wurde wie nasse Wäsche gedreht. Immer schneller und schneller.

„Musst du kotzen?“, rief Mäx besorgt.

Da blieb die Trommel knirschend stehen und die Glastür flog auf. Robbi war verschwunden.

## es wird haarsträubend

Wie ein Floh fühlte sich Robbi. Wie ein Floh, der in einen Computer gekrabbelt war. Links und rechts von ihm ragten Elektronikbausteine auf wie Felswände in einer Schlucht. Zu seinen Füßen ringelten sich Kabel, die dick wie Riesenschlangen waren. Die Luft roch elektrisch geladen. Über Robbis Kopf hingen zwischen Säulen aus weißem Porzellan lange blanke Leitungen. Zischend raste von Zeit zu Zeit ein Funkenball von einem Ende des Kabels zum anderen.

Der versteckte Kellerraum, in den ihn die Waschmaschinentrommel auf rätselhafte Weise befördert hatte, war dreimal so hoch wie der andere. Robbi erschien er sogar größer als die Turnhalle der Schule.

Wieder entlud sich über ihm ein Blitz. Erschrocken zog er den Kopf ein.

Der Außerirdische war nicht zimperlich vorgegangen. An vielen Stellen sah Robbi Leitungen, die mit roher Gewalt aus der Verankerung gerissen worden waren. Als er ein paar Schritte weiterging, stieß er auf umgestürzte Leiterplatten und zertrümmerte Widerstände, die das Ausmaß von Blechtonnen hatten. Viele Kabel waren einfach miteinander verknotet worden, einige Teile der Anlage schienen neu zusammengeschaltet worden zu sein.

Auf dem Boden fand Robbi Zeitschriften. Aufgeschlagen waren Bilder, die Leute zeigten. Manche lachten, andere weinten oder blickten ernst. Als er die Blätter zur Seite schob, kamen darunter Fotos von Hunden, Katzen, Enten, Gänsen, Elefanten und Nashörnern zum Vorschein.

An einem Spiralkabel hing eine Kugel mit optischer Linse, die an einen Augapfel erinnerte. Robbi griff zaghaft danach, spürte das Metall und zog die Kugel zu sich herunter. Ein bläulicher Lichtkegel fiel heraus und tastete die Bilder aus den Zeitungen ab. Robbi entdeckte das Foto eines Mannes, der laut Überschrift dabei war, das dümmste Gesicht der Welt zu schneiden. Die Mundwinkel hatte er weit auseinandergezogen, die Nasenlöcher mit den Fingern gedehnt. Daneben war ein Mädchen, das die Arme wegstreckte und sich vergnügt drehte – genau wie Sabrina am Vorabend.

Auf einer senkrechten Glasplatte schimmerten grüne Linien. Sie ergaben ein dichtes Netz. Bei genauerem Hinsehen erkannte Robbi, was er vor sich hatte: Es war ein Plan der Stadt. An verschiedenen Orten blinkten kleine Punkte. Aus Gewohnheit sah Robbi natürlich auch zu der Stelle, an der das Haus stand, in dem seine Familie ihre Wohnung hatte.

Ein grünes Pünktchen bewegte sich gerade auf der Straße in die Richtung, die sie einschlugen, wenn sie zur Schule gingen. Das Pünktchen besaß zwei Knubbelbeine, die eifrig trippelten.

In Conrads Haus befand sich ebenfalls ein Leuchtpunkt und beim Restaurant der Familie Lee auch.

Es war nur eine Vermutung, aber Robbi traute sich fast, darauf zu wetten: Die Punkte zeigten die Menschen an, die ferngesteuert werden konnten. Der Koch der Lees, irgendjemand, der in Conrads Haus wohnte, und …

Für den Punkt bei den Amsels gab es nur eine Erklärung: Sabrina.

Vor dem Stadtplan stand eine Tastatur, wie Robbi sie noch nie gesehen hatte. Die Tasten waren Kugeln und schienen ohne System dazuliegen.

Aber noch etwas fand er auf der Tastatur: eine Fernsteuerung wie die eines einfachen Modellautos. Von den vielen Schrauben, die die Fernsteuerung zusammenhielten, waren allerdings nur ein paar fixiert.

Robbi fügte die Erlebnisse des Vortags mit den Dingen zusammen, die er hier sah: Der Außerirdische hatte mehrere Bewohner der Stadt unter Kontrolle. Er konnte sie anwählen und ihnen über die Anlage Befehle erteilen. Wahrscheinlich benutzte er dafür die Fotos, weil er sich mit Menschen nicht gut auskannte.

Aber was konnte man mit der einfachen Handfernsteuerung machen? Auch Menschen steuern?

Robbi fiel ein, was Popcorn über den Empfänger gesagt hatte, den die Menschen eingebaut haben mussten: Durch elektromagnetische Strahlung wurde der Körper angeregt, den Empfänger selbst zu bauen.

Wo kamen diese Strahlen her? Wieso waren ihnen nicht alle Leute ausgesetzt? Keiner der Hot Dogs hatte einen solchen Empfänger. Dafür aber der chinesische Koch, Sabrina, die Dame aus der Galerie und irgendjemand in Conrads Haus. Es musste etwas geben, das sie alle verband. Was aber konnte das sein?

Sehr vorsichtig, um nicht auf ein blankes Kabelende zu treten und womöglich einen Stromschlag zu bekommen, stakste Robbi weiter. Zwischen den hohen Stangen hüpften über ihm wilde Kugelblitze hin und her. Im hinteren Teil des Kellers stieß er auf etwas, das wie ein Fotokopiergerät aussah, aber mindestens zehnmal so groß war. Auf einer Seite hing ein Korb, in dem sich glänzende Pappschachteln stapelten. Robbi nahm eine heraus. Die Schachtel hatte verkehrt herum gelegen und erst jetzt sah er die Oberseite.

„Voll die Düse“, entfuhr es ihm, „das Haustier-

Computerspiel!“ Er klemmte die Schachtel unter den Arm und nahm auch die harmlos aussehende Fernbedienung. Danach wollte er zurück zu Mäx. In der Wand entdeckte er eine runde Öffnung, die die Größe der Waschmaschinentrommel hatte. Die Ecken der Schachtel drückten unangenehm in seinen Bauch, die Fernsteuerung stach ihn in den Hals. Echte Agenten aber kennen keinen Schmerz!

Noch immer halb träumend hatte Jian-Dong Thekla über den Asphaltvorplatz, die Straße hinunter bis zu einer dieser winzigen Hunde-Gassi-Zonen verfolgt. Ein Stück Rasen, das von einem niedrigen Zaun eingefasst war und auf dem Hunde spielen und alles andere machen durften.

Baggy und Trucker hatten begeistert gebellt, als Jian-Dong aus der Tanzschule gelaufen war. Enttäuscht hatte Baggy ein hohes Heulen angestimmt, als er sie nicht losband und mitnahm. Trucker hatte die zweite, tiefere Heulstimme geliefert, sich dann aber entschlossen, lieber die Leinen durchzubeißen. Das aufgeregte Laufen der Leute sah nach Spaß aus, und die Hunde wollten dabei sein.

Suchend drehte sich Thekla auf der Stelle. Bei ihr sah selbst diese Bewegung anmutig aus und man glaubte fast, Musik zu hören. Weniger passte, dass sie dabei laut schimpfte: „Wo ist dieser elende Klamotten-Klauer hin? Ich beiß ihm den Kopf ab, wenn ich ihn kriege."

Mitten auf der Hunde-Gassi-Wiese erhob sich ein schlanker Baum, der die kahlen Äste zum Himmel reckte, als wollte er dort oben eine Gottheit verehren. Die Rinde war von tiefen Rissen durchzogen, die Wurzeln waren dick und aufgebogen wie lange Krallen, die sich in die Erde gebohrt hatten.

Mit lautem Gebell kam Baggy im gestreckten Galopp an. Trucker dackelte hinterher. Die Zunge hing ihm seitlich aus dem Maul. Zur Abkühlung ließ er sie durch die Luft schlenkern.

„Große Rätsel am Morgen bereiten dem Kopf oft Kummer und Sorgen!", gab Jian-Dong eine seiner vielen Weisheiten zum Besten.

Energisch fuhr Thekla zu ihm herum. „DU

warst das!“ Wieder streckte sie ihren Finger mit dem langen spitzen Nagel aus. Jian-Dong wich blitzschnell zur Seite, weil er fürchtete, von ihr durchlöchert zu werden.

„Ich bin unschuldig!“, beteuerte er.

„DU hast in meinem Kostümkeller gewühlt!“ Der Stech-Zeigefinger sauste wie ein Degen dahin, dorthin und vor Jian-Dongs Nase herum. Der Hot Dog sprang hoch, wippte nach links, knickte nach rechts und hatte Mühe, ihm zu entkommen.

Der Tritt traf Thekla mit voller Wucht am Hinterteil. Sie stolperte nach vorne, und da Jian-Dong das für einen weiteren Angriffsversuch hielt, wich er zur Seite. Die Tanzschullehrerin konnte den Sturz nicht mehr abfangen und landete zu seinen Füßen. Zornig sprang sie wieder auf die Beine und drehte sich um.

Wer war das gewesen?

Wer hatte sie getreten? Es konnte nur der Komplize des Kostümdiebes gewesen sein!

Hinter ihr aber standen nur Baggy, die heftig hechelte, und Trucker, der sie aus seinen geröteten Augen mit den Hängelidern mitleidig ansah. Zwischen ihnen erhob sich der knorrige Baum.

Ob einer der beiden Hunde sie getreten hatte? Prüfend kniff Thekla die Augen zusammen und fixierte die zwei.

„Wiff-wiff!", machte Baggy.

„Huff!", antwortete Trucker.

Jian-Dong überlegte, wohin der Außerirdische verschwunden sein könnte. Die Hot Dogs hatten es schon mit höchst merkwürdigen Wesen zu tun gehabt. Ein Außerirdischer zum Beispiel hatte ausgesehen wie zerflossener Kaugummi und sich auch so bewegt. Die größte Gefahr war damals, an ihm kleben zu bleiben oder von ihm in eine große Gummiblase eingeschlossen zu werden.

Wer hatte in dem Oma-Kostüm gesteckt? Wie war das Wesen beschaffen?

Sehr langsam drehte sich Thekla zu Jian-Dong zurück. Mit einem Auge spähte sie dabei über die Schulter zu den Hunden. Beide rührten sich nicht von der Stelle. Erst als Thekla ihnen wieder den Rücken zukehrte, wagte Baggy, das Bein zu heben, so wie sie es immer tat. Hocken mochte sie nicht so besonders. Es war dringend nötig.

„Zu dir, Bürschchen!" Die Zaunlatte von Tanzlehrerin bewegte sich auf einmal breitbeinig wie ein Cowboy vor dem letzten Duell zur Mittagsstunde auf der Hauptstraße.

Baggy quiekte auf. Im nächsten Moment hockte sie wie eine verrutschte Perücke auf Theklas Kopf. Es war schwierig festzustellen, wer mehr erschrocken war: Baggy oder Thekla. Ängstlich spähte der kleine Hund zwischen den Stirnfransen in die Tiefe. Mit bebender Lippe linste Thekla von unten herauf auf das Etwas, das ihr den Kopf wärmte.

Vor Aufregung musste nun auch Trucker mal. Er hob das Bein …

Jian-Dong war überzeugt, sich getäuscht zu haben. Eine Wurzel des Baumes war nämlich aus dem Boden gesaust und hatte Trucker energisch zur Seite gestoßen. Der lange Dackel kullerte wie eine Keksrolle über die Wiese und quiekte.

Nein, das konnte nicht sein. Oder doch?

## Haferbrei auf Beinen

Energisch setzte Thekla Baggy zu Boden. Dann wandte sie sich wieder Jian-Dong zu, der vor Aufregung die Augenbrauen auf und nieder zucken ließ.

„Wirst du auf der Stelle sagen, wo du das Kostüm versteckt hast?“ Auch Jian-Dong fühlte sich im Angesicht der Tanzlehrerin wie vor einer Riesenkobra. Fehlte nur noch, dass sie das Halsschild blähte und die gespaltene Zunge zwischen den Lippen züngeln ließ.

Aber was sollte er sagen? Er hätte selbst gerne gewusst, wohin das Kostüm verschwunden war. Noch mehr interessierte ihn allerdings derjenige, der drin steckte.

„Zum letzten Mal: Wo-ist-das-Kostüm?“

Kläffend flüchtete Baggy zu Trucker, der wieder auf den Pfoten stand, sich schüttelte und dabei die Ohren fliegen ließ.

Thekla war vielleicht doch eine Kobra. Sie begann auf einmal, drohend zu zischen. Jian-Dong verzog ängstlich das Gesicht. Wollte sie ihn beißen? War sie am Ende außerirdisch? Wundern würde es ihn nicht. Ob seine Karateschläge und -würfe bei ihr überhaupt wirkten?

Die einzelnen Stücke des Kostüms tauchten auf. Eines nach dem anderen. Wie von einer Kanone abgefeuert trafen sie Thekla in den Rücken und plumpsten zu Boden.

Auf alles gefasst drehte sich die Tanzlehrerin sehr langsam um. Ihr Blick wanderte nach unten, wo sich das Kleid, das Hütchen und die Schnürstiefel an ihre Füße anschmiegten wie kleine, pelzige Kätzchen.

Theklas Atmen hörte sich an wie das Pumpen eines riesigen Blasebalgs. Natürlich war im Umkreis von fünfzig Schritten niemand zu sehen, der die Klamotten geworfen haben könnte. Nur der Baum stand da, reckte die kahlen Zweige zum Himmel, als wollte er die Wolken kitzeln, und gab einen Laut von sich, den alle Leute für ein Knarren gehalten hätten. In Jian-Dongs Ohren aber klang er wie ein hölzernes Lachen.

Thekla bückte sich, packte die Kostümteile und ergriff die Flucht. Erst nachdem sie schon ein Stück entfernt war, wagte sie es, einen langen, erleichterten Schrei auszustoßen, der durch den Morgen hallte.

Jian-Dong blieb allein mit den Hunden zurück.

Diesmal hatte er sich nicht getäuscht. Der Baum hatte sich bewegt, mit den dünnen Zweigen in ein rundes Astloch gegriffen und die Verkleidung herausgezogen. Er war es auch gewesen, der sie geworfen hatte.

Nun aber stand er arglos da. Duldsam schien er auf neue Hunde zu warten.

Baggy und Trucker drängten sich an Jian-Dong. Beide knurrten den Baum mit gesträubtem Fell an.

Rückwärts gehend entfernte sich Jian-Dong, behielt den Baum dabei aber immer im Auge. Er wollte mit diesem Wesen keinesfalls allein sein. Es steckte im Holz des Baumes, kein Zweifel.

Ein röhrendes Brüllen dröhnte ihm entgegen. Wie lange Krallenfinger streckte der Baum die Zweige nach ihm aus. Das Astloch war zu einem gigantischen Maul geworden, das weit und drohend aufgerissen war, bereit, ihn zu verschlingen.

Die Hunde stoben los. Jian-Dong hob kurz die Hände und ein Bein, um sich zu verteidigen, ließ aber schnell alles wieder sinken und machte es Baggy und Trucker nach.

Als die drei außer Sichtweite waren, klappte der Baum das Astloch wieder zu. Lässig schüttelte er die Äste und ließ sie vergnügt klappern. Er war recht zufrieden darüber, wie er mit diesen Erdlingen seine Späße getrieben hatte. Nun aber war es Zeit, weiterzuziehen. Er musste sich schnell eine neue Tarnung besorgen. Bei der Landung auf dem Planeten Erde hatte er seine Materie, die normalerweise wie Haferbrei ohne Schüssel aussah, in die erstbeste Form gebracht, die er gesichtet hatte. Es war ein nach dem Winter noch ganz kahler Baum gewesen.

Knarrend zerrte er die

dicken Wurzeln aus der Erde und schüttelte die braunen Krümel ab. Wie ein Vielfüßler begann er, mit den Wurzelbeinen loszustapfen. Bei jedem Schritt wackelten die Äste. Sein Ziel war ein großes Gebäude am Rande der Stadt, auf dessen Dach sich ein Wald von Satellitenschüsseln befand.

Heute Abend sollten von dort spezielle elektromagnetische Wellen gesendet werden. Morgen früh schon würden alle Bewohner dieser Stadt auf sein Kommando hören.

„Das wirst du löschen! Klar?“ Robbi versuchte, Conny ihr Handy abzunehmen, das sie triumphierend schwenkte. Sie hatte ihn im Tutu geknipst.

„In der Schule werden alle jaulen!“, jubelte Conny. „Ich druck es aus und verteile es als Flugblatt!“ Sie streckte das Handy hoch über ihren Kopf. Es wäre für Robbi ein Leichtes gewesen, ihr das Gerät zu entreißen. Dafür aber hätte er hochspringen müssen und wäre vielleicht gegen sie geprallt. Conny aber hatte sich am Morgen eine halbe Flasche Parfum aufgesprüht und roch schlimmer als diese Duftsprays in Toiletten.

Bibi stand einfach nur in der Halle, presste beide Hände auf den Mund und kicherte in einem fort über die Amsel-Brüder im Ballettkostüm. Von den Stimmen seiner Schwestern geweckt stelzte Conrad aus dem Abstellraum. Die Lernbrille war hinuntergerutscht und hing um seinen Hals. Um sich zu beruhigen, bohrte er in der Nase.

Als Erste kam Thekla zurück in die Tanzschule gestürmt. Wie ein gereizter Stier blieb sie in der Tür stehen, die Schultern hochgezogen, den Kopf angriffslustig vorgestreckt. Ihre Augen sahen aus wie Pingpongbälle. Sie fixierte Mäx und Robbi und schnaubte: „Hinaus! Raus! Auf der Stelle!“ In den Mundwinkeln hatte sie Schaum.

„Tollwut! Sie hat Tollwut!“, raunte Mäx und beschloss, es sei das Beste, auf schnellstem Weg zu verschwinden. Conrad schloss sich ihm an, Robbi raste noch schnell in die Garderobe und rettete die Hosen und Schulrucksäcke. Das gebrüllte „Raus!“ von Thekla war laut genug, um auch noch am anderen Ende der Stadt gehört zu werden.

„Ich will meine Beinwärmer“, beharrte Conny.

Die Tanzlehrerin schnappte nach ihr wie ein bissiger Hund. Conny aber war zäh und ließ sich davon nicht einschüchtern. „Ich will die gratis Beinwärmer!"

Neben ihr baute sich Bibi auf, die Fäuste in die Seite gestemmt: „Genau! Die Beinwärmer!"

Da riss Thekla der Geduldsfaden. Ihr Kopf zuckte so schnell vor wie der einer Kobra, wenn sie zubiss. Mit den Schneidezähnen packte sie Bibis Stupsnase und hielt sie fest. Weit nach vorn gebeugt und verdreht stehend, knurrte sie: „Raus oder ich beiße ihr die Nase ab."

Conny flüchtete. Die kleine Schwester ließ sie einfach im Stich. Thekla aber schubste Bibi hinterher und knallte hinter den beiden die Tür zu. Sie schloss zweimal von innen ab, lehnte sich mit dem Rücken dagegen und atmete heftig ein und aus. Ihr half jetzt nur eins: Sie lief in den Tanzsaal, legte eine CD ein und drehte die Lautstärke voll auf. Der wilde Rhythmus eines Stampftanzes dröhnte aus den Lautsprechern. Thekla riss sich die Haarnadeln aus dem Knoten auf dem Hinterkopf und schüttelte eine lange dunkle Mähne aus. Mit beiden Beinen sprang sie auf und nieder, trampelte und johlte aus Leibeskräften, bis sie fast heiser war. Danach fühlte sie sich etwas besser.

Um noch rechtzeitig vor Unterrichtsbeginn die Schule zu erreichen, mussten die Hot Dogs laufen. Damit keine Zeit verloren ging, zogen die Amsel-Brüder ihre Hosen und T-Shirts einfach über die Tanztrikots und die Tuturöckchen. Robbi fühlte sich noch unwohler, weil er bestimmt so dick wie eine Tonne aussah. Da ihm aber keine andere Wahl blieb, nahm er es einfach hin. Wichtiger war jetzt, den anderen alles über die Entdeckung im Keller zu berichten.

„Das mit dem Spiel bedeutet etwas!“, rief Mäx aufgeregt.

Conrad kombinierte: „Diese elektromagnetischen Strahlen könnten über das Spiel und den Computer ausgesendet werden. Wer es spielt, wird steuerbar.“

„Sabrina spielt es, das steht fest. Aber ob es die Tante aus der Galerie spielt? Oder euer Koch, Jian-Dong?“

Robbis chinesischer Freund nickte heftig. „Unser Koch sagt immer: Lustiger Koch kocht fröhliche Speisen, die Menschen glücklich machen. Er spielt sicher gerne.“

Blieb nur das Rätsel um die Stimme aus der

Toilette. Die Lösung musste auf später verschoben werden. Zuerst ging es darum, die Geografie-Gefahr abzuwehren.

Als das Schultor vor ihnen auftauchte, wurden die vier Jungen langsamer. Noch vier Minuten! Sie mussten also nicht mehr so rennen. Vor Herrn Mäpper brauchten sie sich auch nicht zu fürchten. Mithilfe der Lernbrille hatten sie alles, was er prüfen könnte, im Kopf.

Mäx würde dem Lehrer als Erster begegnen. Donnerstag erste Stunde war für ihn bisher immer ein Albtraum gewesen. Heute aber nicht. Oder doch?

Jian-Dong schimpfte im Stillen mit sich selbst: „Mein Hirn ist Sieb für Nudeln. Alle Beobachtung ist durchgetropft wie Nudelwasser.“ Der lebende Baum hatte ihm einen Schock versetzt, der ihn für einige Zeit gedächtnislos gemacht hatte. Nun kehrte das Ereignis in sein Bewusstsein zurück, aber es war zu spät. Er musste bis zur nächsten Pause warten.

# Schlabber-Irgendwas

Vorne neben der Tafel hing in Mäx' Klasse bereits eine Landkarte von Europa. Der eifrige Marvin, der immer um Herrn Mäpper herumwieselte, buckelte und am liebsten wohl auch noch seine Schuhe sauber geleckt hätte, hatte sie bereits aus der Kartensammlung geholt und ordentlich auf den Metallständer gehängt.

Das Schrillen der Schulglocke war noch nicht verhallt, als Mäpper schon die Klasse betrat. Als Warnung, dass er da war, schloss er die Tür mit einem Knall.

Alle Schüler standen steif in den Bänken, die Arme an die Seite gepresst, die Köpfe nach vorne gereckt. Die meisten hielten die Luft an, bis ihnen schwindelig wurde.

Links – rechts. Links – rechts. Mäpper nahm die Parade ab, schritt zum Lehrertisch und ließ seine schwarze Aktentasche fallen.

Beim Reden betonte er immer jedes Wort einzeln. So grüßte er jetzt: „Guten – – – Morgen!“

Ein Chor antwortete: „Guten Morgen, Herr Mäpper!“

„Setzen!“

Dreizehn Jungen und vierzehn Mädchen ließen sich auf die Stühle sinken. Noch immer wagte kaum einer zu atmen. Jeder vermied den Augenkontakt mit dem Lehrer, um nur ja nicht als erstes Opfer zur Stundenwiederholung aufgerufen zu werden. Die meisten wünschten sich Zauberkräfte, um sich unsichtbar zu machen.

In diesen Sekunden hätte man im Klassenzimmer ein Staubkorn zu Boden sinken hören.

„Wir haben in der letzten Stunde einige der Hauptstädte Europas kennengelernt“, begann Mäpper in seiner schleppenden Sprechweise. „Bevor wir damit fortfahren, wird uns eine oder einer von euch die Städtenamen nennen.“

Er zog ein dunkelrotes Büchlein aus der Aktentasche. Zuerst leckte er die Fingerspitze ab, dann begann er Seite für Seite umzublättern. Auf jeder stand der Name eines Schülers und die Noten, die dieser bisher in Geografie geschafft hatte.

Amsel kam zu Beginn, doch Herr Mäpper ging schnell darüber hinweg. Bei jedem Umblättern atmete ein Schüler erleichtert auf. Schließlich schlug Mäpper das Büchlein sogar zu und blickte in die Gesichter der Schülerinnen und Schüler.

Mäpper hatte einen kleinen, quadratischen Kopf, der fast kahl war. Die wenigen Haare, die er noch hatte, rasierte er sich ab. Wie jeden Tag trug er ein blütenweißes Hemd, ein graues Jackett und eine schwarze Hose.

Alle Herzen begannen wieder zu pochen. Mäpper ließ seinen Adlerblick langsam von hinten nach vorn durch die Bankreihen schweifen. Hängen blieb er bei Mäx.

Schau weiter, dachte Mäx flehend. Selbst mit Lernbrille war er nicht sicher, alle Fragen beantworten zu können. Er hatte keine Lust, wieder einmal von Mäpper zur Schnecke gemacht zu werden.

Der Geografielehrer behielt Mäx im Auge. Sein Mund öffnete sich und seine Lippen formten leise das Wort: „Amsel!“

Mitfühlend flüsterten ihm die Mitschüler tröstende Worte zu.

„An-die-Landkarte!“, befahl der Lehrer.

Du kannst alles, du kannst alles, du kannst alles, sprach sich Mäx Mut zu. Die Gegenstände der Agentenausrüstung, die Popcorn ihnen schickte, funktionierten immer prächtig. Warum sollte die Lernbrille nicht geholfen haben?

Sie standen einander gegenüber wie Ritter bei einem Turnier.

„Aaaaaaamsel“, begann Mäpper, „nenne mir die Hauptstadt Norwegens.“

In Mäx' Kopf machte es Klick und eine Lade mit der Beschriftung „Norwegen“ ging auf. In ihr lag – klack – die Antwort. Mäx' Mund öffnete sich und er hörte sich sagen: „Schlürfowatz!“

Die Stille in der Klasse tat in den Ohren weh.

Herrn Mäppers rechtes Auge zuckte. Ungläubig wiederholte er: „Schlürfowatz?"

Mäx kam der komische Name sehr bekannt vor und sein Gehirn hatte genau diese Information gespeichert.

„Und wie heißt das Nachbarland Norwegens?"

Auch das fiel Mäx sofort ein: „Schleimontzki-Pontzki-Wontzki."

In der hintersten Reihe wagte es jemand, verstohlen zu kichern.

Aber wieso? Was war passiert? Mäx witterte, dass die Antworten nicht stimmten, aber sein Kopf war sich so sicher.

„Nenne drei Länder am Mittelmeer", verlangte der Geografielehrer. Sein Augenlid flackerte wie eine Glühbirne kurz vor dem Durchbrennen.

Ohne auch nur einen Moment überlegen zu müssen, plapperte Mäx: „Erstens: Blubberofski-Pofski, zweitens: Schlabberwoki und drittens Firtzi-Furtzi-Gigagutzi."

Der zweite Name ließ bei Mäx Alarmglocken schrillen wie in der Feuerwehrzentrale bei einem Großbrand.

Schlabberwoki! Sein neuer Lieblingscomic. Die

Klemme hatte sich in der Nacht vom Geografiebuch gelöst und war auf den Comic gerutscht.

Herr Mäpper nahm seine Brille ab und presste die Hand auf das zuckende Auge. Weil er jetzt nur noch mit dem anderen guckte, wirkte er ein bisschen wie ein einäugiger Pirat.

Mittlerweile konnten sich auch andere in der Klasse nicht länger beherrschen. Sie mussten lachen. Auch wenn sie sich Taschentücher und Jackenärmel vor den Mund pressten, gluckste es aus ihnen heraus.

Herr Mäpper fuhr in die Höhe, als hätte ihm jemand von unten eine Nadel durch die Sitzfläche des Stuhles ins Hinterteil gebohrt. Seine Stimme war ein drohendes Flüstern: „Amsel! Setzen! Durchgefallen! Ich will morgen mit deinen Eltern sprechen!“

Nein, das war nicht möglich. Das Schimpfen seines Vaters fürchtete Mäx nicht. Aber seine Mutter war doch nur so kurz zu Hause und sollte keinen Kummer erleben. Schon gar nicht wegen einer Lernbrille, die falsche Wörter in seinen Kopf gepumpt hatte.

Sofort holte Mäpper sein nächstes Opfer heraus.

Gierig machte er sich über Lydia mit der Zahnspange her, die vor lauter Angst jedes Wort zweimal sagte.

Mäx hatte seine Hand ins Bankfach gestreckt, die Funkarmbanduhr aufgeklappt und sandte an Robbi: MUMIDIRE!

Sofort erschien auf der Anzeige: „¿¿¿"

Als Antwort tippte Mäx: „KAS!"

Auf Robbi war Verlass. Es dauerte nicht einmal eine halbe Minute, da klopfte es auch schon an der Klassentür, Robbi kam herein und stotterte: „Äh, ja … es ist … wegen unserer Mutter … ich muss mit Mäx sprechen."

„Du kannst ihr ausrichten, dass ich sie hier in der Schule sehen will. Morgen."

Entsetzt sah Robbi den Lehrer an. Was hatte das zu bedeuten¿ Er zog Mäx am Ärmel auf den Gang hinaus, der zu dieser Zeit leer war. Mit hängenden Schultern erzählte Mäx von Schlürfowatz und Schleimontzi-Pontzki-Wontzki. Robbi verstand den Ernst der Lage, konnte sich jedoch ein schiefes Grinsen nicht verkneifen. Erst als Mäx ihn an die Vorladung der Eltern erinnerte, verging seinem Bruder das Lachen.

„Hoffentlich hat die Brille bei mir richtig gewirkt.“

Mäx platzte. „Denk nicht immer nur an dich. Denk an Mama. Die kriegt die Krise.“

Eine schnelle Entscheidung war gefragt. Ein Plan, eine Idee, irgendeine Rettung für Mäx. Da das dämliche Tüllröckchen ständig aus dem Hosenbund schlüpfen wollte, stopfte Robbi es energisch wieder zurück. Angestrengt überlegte er. Es war wie vor einem Eishockeymatch gegen eine überstarke gegnerische Mannschaft. Er hatte sich dann oft Videos von Spielen der Gegner angesehen, genau beobachtet und nach schwachen Punkten gesucht.

Hatte der Geografielehrer überhaupt irgendeinen schwachen Punkt? Robbi erschien er wie eine Prüf- und Paukmaschine, ein Roboter.

Bei Roboter fiel ihm die Fernsteuerung ein. Sie müssten Herrn Mäpper steuern können. Das wäre die Lösung. Aber wie sollten sie das anstellen?

Wenn Conrads Überlegung stimmte, musste der Geografielehrer dazu erst das Computerspiel spielen und ein künstliches Haustier erzeugen. Aber wie sollten sie ihn dazu bringen, das zu tun? Es hatte ihn noch nie jemand lachen sehen. Robbi konnte ihn sich nicht vor dem Computer sitzend und spielend vorstellen. Mäppers Lieblingsbeschäftigung schien strenges Prüfen, Meckern und Strafen zu sein.

Ping! In Robbis Kopf ging ein Licht auf. Strafen! Das war das Stichwort.

„Mitkommen!" Er stürmte, Mäx winkend, los. Der kleine Bruder zögerte kurz und warf einen Blick über die Schulter zur Klassentür. Er sollte schnellstens wieder hinein, um nicht noch größeren Ärger zu bekommen. Dann aber vertraute er Robbi und folgte ihm.

Robbis Ziel war der Computerraum. In der ersten Stunde stand er leer. Auf langen Tischen reihte sich Computer an Computer, an denen später Schüler programmieren lernen würden. Robbi ließ sich auf den Lehrerstuhl fallen, startete den Computer, der dort stand, und tauchte mit der Hand tief in eine Tasche seiner Hose. Dort hatte er das

Computerspiel aus dem Keller. Er riss die Verpackung des Spieles auf, holte die glitzernde Scheibe heraus und steckte sie in den dünnen Schlitz an der Vorderseite des Rechners. Summend wurde sie geschluckt und surrend gestartet. Auf dem Bildschirm erschien ein Fantasietierchen mit vier Augen und knallorangefarbenem Fell.

Schnell schloss Robbi die Augen und bewegte sich auf dem Rollsessel zur Seite. Er wollte auf keinen Fall etwas von den Strahlen abbekommen, die da ausgesandt wurden, sonst wäre auch er für den Außerirdischen steuerbar.

„Du setzt dich hin und tust, als würdest du das Spiel begeistert spielen", trug er Mäx auf. „Aber halt die Augen fest geschlossen!"

Mäx verstand den Plan nicht, doch für Erklärungen blieb keine Zeit. Im Dauerlauf hetzte Robbi zu Mäx' Klasse zurück, platzte in den Raum und unterbrach die Schreckensprüfung, die noch immer andauerte.

Streng blickte ihm Herr Mäpper entgegen.

„Amsel, noch nie etwas von Anklopfen gehört?"

„Bitte, kommen Sie, schnell!"

Für weitere Fragen ließ Robbi keine Gelegenheit,

weil er sofort wieder zum Computerraum rannte. Mäpper, aufgebracht und gereizt, kam sofort mit energischen Schritten hinterher. Im Geiste schrieb er schon eine Vorladung an die Eltern der Amsel-Brüder, in der er ihnen ankündigte, dass er die beiden von der Schule werfen lassen würde.

## Fernsteuerung für Lehrer

Im Computerraum fand Herr Mäpper Mäx vor dem Lehrercomputer.

„Was tust du da?“, herrschte er ihn an.

Mäx antwortete nicht, wie sein Bruder ihm das aufgetragen hatte. Er tat nur so, als würde er wie wild herumtippen.

Der Lehrer trat hinter ihn und warf einen Blick auf den Bildschirm. Noch immer tanzte dort das knallorange Wesen, das mit seinen Augen kullerte, die Lippen spitzte und Küsschen schmatzte.

„Was unterstehst du dich, diesen Unsinn mitten in der Stunde zu spielen?“ Herr Mäpper platzte fast vor Empörung.

Mit fest zusammengekniffenen Augen blieb Mäx hocken. Robbi stand an der Wand neben der Tür und beobachtete den Lehrer.

Die Vorgänge auf dem Bildschirm taten ihre Wirkung. Mäppers Brauen hoben sich, sein Gesicht wurde von dem Tierchen angezogen, seine Augäpfel traten heraus wie zwei Magneten. Immer weiter lehnte er sich vor.

„Mach Platz“, raunte Robbi seinem Bruder zu.

Mäx schlüpfte zur Seite weg, worauf sich Mäpper auf den freien Stuhl setzte. Den Kopf hielt er weit zur Seite geneigt, auf seinem Gesicht erschien ein breites, seliges Grinsen.

„Küsschen“, hauchte er, schloss die Augen und schmatzte auf die Bildschirmscheibe. „Küsschen, Küsschen, Küsschen!“

Farbige Lichtblitze schossen vom Bildschirm und hüllten seinen Kopf ein. Sie bildeten ein enges Netz, das sogar blieb, als Herr Mäpper sich wieder aufrichtete. Die dünnen Blitze zappelten auf seiner Glatze herum.

Das war der Moment, auf den Robbi gewartet hatte. Er holte die Fernsteuerung aus einer der zahlreichen anderen Taschen an den Hosenbeinen, suchte nach dem Einschaltknopf, drückte ihn und legte die Daumen auf die kleinen Steuerknüppel.

Ferngesteuerte Autos waren sein Fachgebiet. Wie gut aber war er mit ferngesteuerten Lehrern?

Vorsichtig drückte er den rechten Hebel vor.

Nichts.

Das Blitzenetz erlosch, Herr Mäpper rieb sich energisch den kahlen Kopf, als würde es ihn dort heftig jucken.

Linker Hebel.

Nichts.

Mäpper starrte nachdenklich vor sich hin, versuchte, sich zu erinnern, was geschehen war.

An der Fernsteuerung befand sich ein quadratisches Fenster, in dem ein tanzendes Strichmännchen zu sehen war. Daneben blinkte ein gelber Knopf.

Schon drehte sich der Geografielehrer um. Gleich würde er die Amsel-Brüder sehen.

Robbi drückte auf den gelben Knopf. Er fühlte ein leichtes Vibrieren im Gerät, das aber schnell wieder vorbei war.

Mäpper zuckte kurz, als hätte ihm jemand scherzhaft die Zeigefingerspitzen in die Seite gestoßen. Danach stand er wieder still, nur seine Augen wanderten umher.

Ungeduldig drückte Robbi den gelben Knopf erneut. Und ein drittes Mal.

Wieder machte der Lehrer einen kleinen Hüpfer. Dann einen zweiten.

Es funktionierte nicht richtig. Robbis Plan war gescheitert.

„Um-ta-ta!“, hörten sie ihn leise singen. Und wieder: „Um-ta-ta!“

Herr Mäpper machte einen Ausfallschritt nach rechts. „Um-ta-ta, um-ta-ta, um-ta-ta!“, sang er lauter und drehte sich, die Arme um eine unsichtbare Tanzpartnerin geschlungen, verzückt im Walzerschritt.

Vor Aufregung und Freude bekam Robbi Herzklopfen und feuchte Hände.

Immer lauter wurde der Um-ta-ta-Gesang, immer schneller der Tanz. Als wäre der Computerraum ein Ballsaal, walzte der Geolehrer zwischen Tür und Fenster herum.

Mäx warf einen Blick auf die Fernsteuerung und entdeckte ein geriffeltes Rädchen an der Seite. Er drehte daran und im quadratischen Fenster erschien ein Schwein. Robbis Finger schnellte auf den gelben Knopf.

Die Wirkung trat sofort nach dem schon bekannten kurzen Zucken ein. Der Lehrer ließ sich auf alle viere fallen, krabbelte auf dem Linoleumboden herum und grunzte dazu wie ein Schwein. Noch immer grunzend bewegte er sich auf die Brüder zu, die ihn mit den Händen verscheuchten, worauf er beleidigt hinaus auf den langen Gang flüchtete.

Das Grunzen hallte durch die Stille, die während der Schulstunden auf den Gängen des Hauses herrschte. Da niemand antwortete, grunzte Herr Mäpper immer lauter, krabbelte auf die nächste Tür zu und stieß mit dem Kopf dagegen.

Mäx und Robbi spähten vorsichtig aus dem Computerraum.

Die Tür gegenüber wurde geöffnet. Ein rundes Gesicht poppte heraus, das bleistiftstrichdünne Bärtchen über der Lippe zuckte unwillig. Es gehörte Herrn Birnfinger, dem strengen Direktor der Schule, der aushilfsweise Englisch unterrichtete.

Grunz-grunz-grunz, machte Mäpper zu seinen Füßen.

Birnfinger sprang zurück, als könnte Herr Mäpper ihn beißen. Die Tür flog auf und die Schüler in den ersten Reihen konnten den Geografielehrer bei seinem Tun beobachten.

Energisch rief Herr Birnfinger: „Mäpper! Was machen Sie da?“

Grunz-grunz, lautete die Antwort.

„Stehen Sie auf der Stelle auf und unterlassen Sie das Gegrunze!“, verlangte der Direktor.

Robbi fingerte am Rädchen und stellte im Fenster das Bild eines Schimpansen ein. Ein Druck auf den gelben Knopf genügte: Herr Mäpper schoss in die Höhe, ruckte noch einmal und hüpfte um Birnfinger herum. Dazu gab er kreischende und schnatternde Affenlaute von sich.

In der Klasse brach Gelächter aus.

„MÄPPER!“ Birnfingers Kopf sah bereits aus wie ein roter Luftballon. „Sind Sie verrückt geworden?“

Mäx hatte entdeckt, dass es ein Strichmännchen gab, das nickte. Schon war der nächste Befehl per Funk unterwegs.

Heftig nickend gab Mäpper dem Direktor also recht. Herr Birnfinger musste sich mit einer Hand an der Tischkante abstützen, so perplex war er.

„Das wird Folgen haben!“, drohte er. „Kommen Sie mit in mein Büro.“

Robbi machte mit der Fernsteuerung aus Mäpper eine grimmige Bulldogge. Zuerst knurrte dieser nur, dann aber schnappte er auch nach Birnfinger, der verzweifelt versuchte, ihn mit einem Schulheft abzuwehren.

Mäpper biss heftig zu und fetzte eine Ecke aus dem Heft. Mit angewidertem Gesicht spuckte er die Papierschnipsel wieder aus. Herr Birnfinger drehte sich um und flüchtete zum Lehrertisch, um das lange Lineal zu holen, das dort lag. Hinter ihm knurrte es kurz, dann hinderte ihn etwas am Weitergehen. Mit den Händen rudernd versuchte er voranzukommen, bewegte sich aber nicht vom Fleck.

Der Geografielehrer hatte ihn mit den Zähnen am Hosenboden geschnappt. Grimmiges Knurren

kam aus seiner Kehle, und je mehr sich der Direktor wehrte, desto fester zog Mäpper. Schließlich gab der Stoff nach und riss. In der Hose des Direktors klaffte ein riesiges Loch. Darunter trug er eine grasgrüne Unterhose. Verschämt zog er sofort den Saum seiner Jacke tiefer.

Ein Junge in der ersten Reihe hatte die rettende Idee. Er warf einen Bleistift durch die offene Tür und rief: „Hol das Stöckchen!"

Freudig bellend sprang Herr Mäpper hinterher.

Birnfinger schleuderte die Tür zu, borgte sich von einem der Schüler ein Handy und rief Feuerwehr, Polizei und Ambulanz.

Die Amsel-Brüder lächelten zufrieden, als sie die Fernsteuerung erneut betätigten. Auf dem Fenster lachte ein Strichgesicht. Sie hörten, dass Herr Mäpper sofort das Bellen einstellte und dafür vergnügt zu kichern begann.

Die beiden Jungen schlugen in der Luft die Hände zusammen. Das wäre geritzt. Fürs Erste zumindest!

Das Abenteuer aber hatte erst begonnen.

## Aber Conny!

„Eine Revolution!“, stellte Conrad in der Pause fest. Gleichzeitig redend hatten Mäx und Robbi den anderen vom ferngesteuerten Geografielehrer berichtet.

Mit Blaulicht und Martinshorn waren drei Löschzüge der Feuerwehr, zwei Polizeiwagen und eine Ambulanz eingetroffen. Der Schuldirektor hatte einige Mühe zu erklären, wieso er Großalarm gegeben hatte. Mittlerweile ging Herr Mäpper nämlich nur noch fröhlich umher, lächelte von einem Ohr zum anderen und gab dabei Sätze von sich wie zum Beispiel: „Heute schon gelacht? – Lächle die Welt an und sie lächelt zurück! – Freunde, das Leben ist lebenswert! – Zwanzig Zwerge machen Handstand, zehn am Sandstrand, zehn im Wandschrank.“

Widerstandslos stieg er in den Rettungswagen und ließ sich ins Krankenhaus bringen.

„Bleibt zu hoffen, dass seine Glückseligkeit anhält!“, meinte Conrad.

„Der Baum tritt und brüllt!“, verkündete Jian-Dong.

Die anderen drehten sich zu ihm um. Ihr Freund war berühmt für seine schlauen Sprüche. Normalerweise verstanden die Hot Dogs sie auch. Was er aber mit dem Baum meinte, kapierten sie nicht.

„Baum tritt, Baum brüllt, Baum spuckt Verkleidung aus und wirft!“, plapperte Jian-Dong.

Robbi fragte mit betont ruhiger Stimme: „Welli“ – übersetzt hatte Jian-Dongs Name nämlich angeblich etwas mit Meer zu tun, worauf ihm die anderen den Spitznamen Welli verliehen hatten – „Welli, bist du irgendwo mit dem Kopf gegen gerannt?“

Jian-Dong verneinte energisch. „Es ist der Baum!“

„Was für ein Baum?“, hakte Robbi geduldig nach.

„An dem Baggy und Trucker das Bein gehoben haben!“

„Baggy und Trucker!“ Conrads Haarbüschel am Hinterkopf sträubte sich. Wo waren seine Hunde? Sofort eilte er los, sie zu suchen.

„Baggy und Trucker haben also das Bein gehoben?", fuhr Robbi vorsichtig fort, um Jian-Dong dazu zu bringen, endlich verständlich zu machen, was er meinte.

Der Chinese rang nach Worten.

„Bein heben muss ich auch!", erklärte Mäx und rannte Richtung Toilette.

Da erst fiel Robbi der Außerirdische wieder ein. Sollten sie nicht Popcorn sofort Bericht erstatten? Jian-Dong hatte doch die Aufgabe übernommen, ihn zu verfolgen. Robbi packte seinen Freund an den Aufschlägen seiner Jacke und schüttelte ihn. „Sprich, rede, spuck Buchstaben! Was ist mit dem Außerirdischen?"

„Er ist ein Baum!" Jian-Dong heulte fast, weil ihn bisher keiner verstanden hatte.

„Du meinst, du bist gegen einen Baum geknallt?"

„Nein, er ist ein Baum." Jian-Dong streckte die Arme hoch wie Äste und spreizte die Finger, als

wären es Zweige. Dazu riss er den Mund auf wie ein Löwe und gab ein tiefes Röhren von sich.

Herr Birnfinger war neben den Jungen stehen geblieben. Sie hatten sein Kommen nicht bemerkt.

„Ich glaube, du solltest zum Schularzt!“, stellte er fest.

Schnell versicherte ihm Robbi: „Nein, er spielt mir nur einen Film vor, den er gesehen hat.“

Tadelnd schüttelte der Direktor den Kopf. „Immer diese Horrorfilme.“

„Kein Horror. Es ist eine chinesische Sage von einem Baum, der spricht und singt. Jian-Dongs Großvater hat sie ihm erzählt.“

Das Strichbärtchen von Birnfinger zuckte. „Du sagtest doch gerade, es handle sich um einen Film?“

„Ja, einen Film, den Jian-Dongs Großvater gesehen und ihm erzählt hat.“

„Aha!“ Der Direktor war noch erschöpft von der Sache mit Herrn Mäpper und verschonte die Jungen deshalb mit weiteren Fragen.

Die Pause war gleich zu Ende und die Hot Dogs machten sich auf den Weg zum Klassenzimmer. Unterwegs kam ihnen Sabrina entgegen. Sie hielt

Robbi auf und sagte: „Heute Abend gehört die Glotze mir allein. Es kommt das Finale des Song-Wettbewerbs. Ich muss wissen, ob der süße Chris gewinnt."

Conny, eine gute Freundin von Sabrina, tauchte hinter ihr auf. Sie begann zu grinsen, als sie Robbi sah. Voller Schadenfreude zog sie ihr Handy heraus.

„Kennst du schon das neue Hobby deiner Brüder?" Sie drückte einige Tasten und ließ das Foto auf der Anzeige erscheinen. Diesmal kümmerte sich Robbi nicht mehr um ihr Gruft-Parfum. Er hechtete los und entriss ihr das Handy.

„Nein!", zeterte Conny sofort. Ihre blitzblauen Haare sträubten sich.

Jochen, ein blonder Junge, der zwei Klassen über den Mädchen war und in jeder Pause Schulbücher stemmte, um seine Muskeln zu trainieren, schlenderte vorbei.

„Brauchst du Hilfe, Kleines?", hauchte er.

Conny bekam fast einen Herzstillstand, weil sie seit Langem für Jochen schwärmte. Noch nie zuvor hatte er ihr auch nur einen Blick geschenkt.

„Jochen", hauchte sie.

„He“, sagte Robbi laut. „So haben wir nicht gewettet. Jetzt zick nicht herum.“

Sabrina starrte ihren Bruder fassungslos an. Conny fehlten die Worte. Jochen hob interessiert eine Augenbraue und ließ die linke Hand, in der er drei Bücher hielt, auf und nieder klappen.

„Du hast gesagt, du hast mir das Teil geschenkt, weil du auf Jungs stehst, die so was tragen. Nur deinetwegen tu ich mir das überhaupt an.“

„He?“, machte Jochen fragend.

Robbi wandte sich an ihn, so von Mann zu Mann. „Ich warne dich, Conny ist gnadenlos. Wenn du mit ihr ausgehen willst, musst du das tragen.“ Energisch zog sich Robbi die Hosen runter und ließ das Tutu hochwippen. „Das macht sie ganz wild. Nicht wahr, Conny?“

Jochen wich zurück, als wäre Conny giftig. Fluchtartig verschwand er im Pausengewühl.

„Ich finde es total lächerlich, dass ein Mädchen wie du es toll findet, wenn Jungen so etwas anziehen!“ Robbi sagte es nicht, er rief es laut. „Und damit du es weißt, Conny, ich tu es nie, nie, wieder. Es ist aus mit uns zweien.“

Blitzschnell hatte sich ein Kreis um sie gebildet. Es gab heftiges Gekicher und Gelächter. Robbi hatte die Lacher auf seiner Seite. Um die Sache noch zu krönen, hielt er der sprachlosen Conny das Handy entgegen. „Und Baby, die Fotos, die du da immer von mir herumschleppst, weil ich dir so abgehe, die kannst du auch vergessen.“ Er drückte zwei Tasten und löschte sie.

Mittlerweile brüllten die meisten vor Lachen. Connys Gesicht war knallrot angelaufen. Mit dem Blau ihrer Haare erinnerte sie an einen dieser Radiergummis, die halb rot, halb blau waren.

Robbi war in diesem Moment sehr mit sich zufrieden. Die richtige Idee im richtigen Augenblick und aus der größten Katastrophe wurde ein Sieg!

# Pobeisser

Es roch streng nach Hühnerstall und modrigem Heu. Niemand verirrte sich auf den kleinen, ausgetretenen Platz hinter dem Schwanenhaus im Park. Wenn die Hot Dogs ungestört und garantiert ohne Lauscher mit Popcorn sprechen wollten, zogen sie sich gern dorthin zurück. Der Platz war von der Hinterseite des Holzhauses, dornigem Buschwerk und hohen Baumstämmen umgeben. Watschelnd stolzierten zwei Schwanenmännchen am Seeufer auf und ab, als würden sie die vier Jungs bewachen.

Ein Aufatmen war durch die Schule gegangen, als sich die Nachricht über das Durchdrehen des Geografielehrers verbreitete. Wann er wiederkommen würde, stand nicht fest. Direktor Birnfinger hatte bereits eine Vertretung für die nächsten zwei Wochen eingesetzt.

Robbi hielt das himmelblaue Handy so, dass

auch die anderen die Anzeige sehen konnten. Popcorn blickte ernst durch runde Brillengläser und kratzte sich mit einem Bleistift seine Nase und das Kinn. Als er den Stift wegzog, kam dessen abgebissenes Ende zum Vorschein. Der Agentenchef musste in den vergangenen Stunden äußerst nervös gewesen sein.

Conrad hatte die Aufgabe übernommen, Bericht zu erstatten. Er schaffte es am besten, in wenigen, klaren Worten zu schildern, wie erfolgreich die Hot Dogs gewesen waren.

„Ich fasse zusammen“, schloss er. „Wir haben die Anlage unter der Tanzschule inspiziert, von der aus die außerirdische Macht versucht, Bewohner der Stadt fernzusteuern. Wir kennen die Methode, die der Außerirdische verwendet, um Empfänger in Menschen wachsen zu lassen. Außerdem ist es uns gelungen, sein Aussehen festzustellen. Bei dem Außerirdischen handelt es sich um einen Baum, der seine Wurzeln zum Gehen und seine Äste zum Greifen verwendet.“

„Und das Astloch zum Brüllen!“, flüsterte ihm Jian-Dong ein.

Das Wort Astloch aber klang für Conrad einem

Schimpfwort zu ähnlich. Er lief rot an und stotterte verlegen: „Und eine kreisförmige Öffnung im Stamm benutzt der Außerirdische zum …“

Neben ihm prustete Mäx. Es klang wie Luft, die dringend aus seinem Bauch entweichen wollte.

Popcorn blickte zweifelnd über den Rand seiner Brille.

„Hot Dogs, erlauben Sie sich einen Scherz? Haben Sie gerade das A-Loch-Wort verwendet, und wollen Sie behaupten, der Außerirdische leide unter starken Blähungen?“

Conrads Gesichtsfarbe wechselte von rosa zu ampelrot.

Popcorn trommelte mit dem zerbissenen Bleistiftende auf den Tisch. „Andererseits wäre das eine raffinierte Taktik, um uns Menschen zu besiegen. Stellen Sie sich vor, was geschehen würde, wenn ein paar Hundert solcher Wesen auf der Erde landen? Sie könnten sich aufstellen, als wären sie ein Wald. Oder ein Park!“

Gleichzeitig drehten sich alle vier Hot Dogs um und musterten die Bäume.

Mit gefährlich gesenkter Stimme setzte Popcorn fort: „Die Außerirdischen locken Menschen in ihre

Nähe, die Ruhe und frische Luft suchen. Dann legen sie los und lassen unter Geknatter Dämpfe ab, die uns Menschen benebeln und gefügig machen. So werden wir zu Sklaven der Außerirdischen."

„Vorsicht vor dem Fang-Furz", raunte Mäx. Danach presste er Augen und Lippen fest zusammen, um nicht lauthals loszulachen.

„Äh ... der Baum-Außerirdische befindet sich irgendwo in der Stadt", sagte Conrad, um das Gespräch zurück zum Wichtigsten zu bringen.

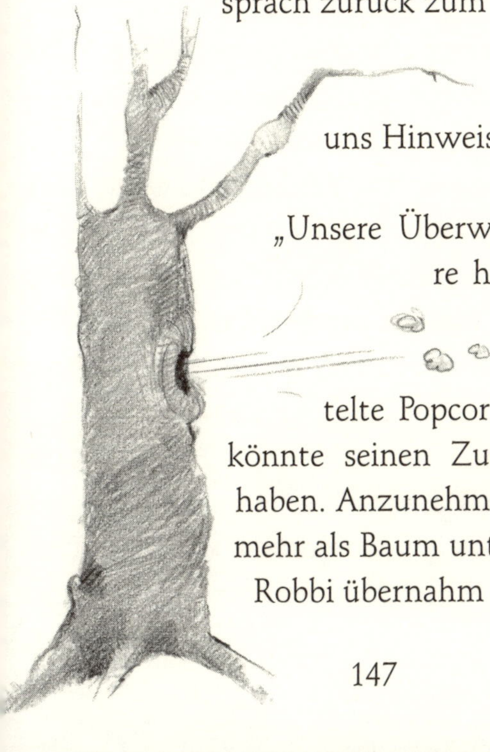

„Können Sie uns Hinweise geben, wo wir suchen sollen?"

„Unsere Überwachungsmonitore haben das Wesen verloren." Bedauernd schüttelte Popcorn den Kopf. „Es könnte seinen Zustand verändert haben. Anzunehmen, dass es nicht mehr als Baum unterwegs ist."

Robbi übernahm das Handy. „Auf

jeden Fall ist der Kerl ein Technik-Freak. Kennt sich mit Elektronik und so total gut aus. Der Typ ist die absolute Technik-Düse."

Düster bemerkte Popcorn: „Und er will die Welt beherrschen. Selbst den kleinsten Floh möchte er noch fernsteuern."

Jian-Dong band sich sein Stirnband fester. „Spielen Flöhe Computerspiele?"

Popcorn hatte es gehört und nahm den Einwand ernst. „Der Außerirdische wird eine Möglichkeit suchen, so viele Menschen wie möglich mit seinen elektromagnetischen Strahlen zu treffen. Das Computer-Haustier-Programm war erst der Anfang."

„Wir legen einfach die Funkanlage unter der Tanzschule still", schlug Robbi vor.

„Nützt nichts. Der Außerirdische setzt sie sofort wieder instand. Wie Sie ihn beschreiben, handelt es sich um ein raffiniertes Superhirn."

Eine Zeit lang sagte keiner etwas. Alle standen da und überlegten.

„Rüsten Sie sich aus. Gehen Sie keinen Schritt ohne Ihre Ausrüstung aus dem Haus", trug Popcorn ihnen auf. „Außerdem schicke ich Ihnen umgehend die einzige Falle, die wir für Wesen entwickelt haben, die über hohe technische Fähigkeiten verfügen."

„Was ist das?", wollte Mäx sofort wissen.

Popcorn gab keine Erklärung. „Selbe Lieferadresse wie gestern?", wollte er knapp wissen.

„Ja!", bestätigte Robbi.

„Erwarte alle zwei Stunden einen Bericht. Enttäuschen Sie mich nicht." Grußlos brach er die Verbindung ab. Wenigstens hatte er nicht mehr getobt und gedroht, den Hot Dogs die Agentenlizenz zu entziehen.

Mit eingezogenem Kopf sah sich Mäx um. Die meisten Bäume waren bereits voll mit frischen zartgrünen Blättern. Einige Äste aber waren nackt und kahl. Jeder dieser Bäume könnte der Außerirdische sein. Kein angenehmes Gefühl!

Die vier Jungs trennten sich. Sie mussten nach Hause zum Mittagessen. Für den Nachmittag vereinbarten sie eine Besprechung über die Funkarmbanduhren.

Begleitet von seinen beiden Hunden erreichte Conrad das alte Wohnhaus, in dem im Dachgeschoss die Schneuzers zu Hause waren. Trucker hatte Hunger, Baggy hatte Durst. Beide sehnten sich nach ihren Schlafkörben. Die Aufregungen des Vormittags hatten sie erschöpft. Zum Glück waren die schlauen Tiere von der Tanzschule bis zum Schulgebäude mitgelaufen. Sie waren schon enttäuscht gewesen, dass sie von ihrem Herrchen vor dem Tor vergessen wurden, aber allzu krumm hatten sie es ihm nicht genommen. Baggy hatte eine umgeworfene Mülltonne gefunden und dort Reste von Pausenbroten gefuttert, während Trucker ausgestreckt auf der obersten Stufe geschlafen hatte. So hatte Conrad ihn auch in der Pause vorgefunden. Den Rest des Schultags hatten die zwei selig schlummernd in der Fundkiste neben dem Sportsaal verbracht. Der kleine Abstecher in den Park war für sie angenehm gewesen, nun aber zog es sie in die eigenen vier Wände zurück.

Als Conrad klingeln wollte, wurde das Haustor

von innen geöffnet. Heraus kam Frau Siebensilb, die eine Etage unter den Schneuzers wohnte. Sie war erst vor Kurzem mit ihren beiden kleinen Söhnen eingezogen und machte immer den Eindruck, als wäre jemand mit einem spitzen Dreizack hinter ihr her.

Auch heute warf sie Conrad nur einen gehetzten Blick zu und grüßte ihn mit einem kurzen, abwesenden Lächeln.

„Olli und Otti, kommt endlich!", rief sie ungeduldig zurück ins Treppenhaus. Ihre Söhne aber gehorchten nicht. Mit einem genervten Schnauben wandte sich Frau Siebensilb an Conrad. „Kannst du mir, als Vertreter der Spezies Mann, sagen, wozu ihr überhaupt nütze seid? Der Vater der Jungen war ein Faulpelz und Betrüger, und seine Söhne sind schlimmer als eine Heuschreckenplage."

Conrad, sonst immer Gentleman, fühlte sich aufgerufen, Jungs und Männer zu verteidigen. „Wir sind wichtige Stützen dieser Welt. Leonardo da Vinci, Thomas Alva Edison, Shakespeare – große Maler, Erfinder und Dichter und alle Männer."

„Olli und Otti – meine Söhne, Jungs und nichts

anderes als Katastrophen auf Beinen", entgegnete ihm Frau Siebensilb. Mit dem Rücken hielt sie das Haustor offen und rief: „Wenn ihr zwei nicht auf der Stelle hier erscheint, verschrotte ich euren Computer. Habt ihr gehört?" Zu Conrad sagte sie: „Dieses neue Spiel, bei dem sie sich Haustiere auf dem Bildschirm bauen können, das hat die zwei völlig verrückt gemacht. Ich habe es ihnen längst verboten, aber es nützt nichts. Sie sind danach süchtig und dazu drehen sie auch noch alle paar Stunden durch. Gestern hat Otti das Klo ausgepumpt. Und Olli hat dann begeistert in die Muschel gebrüllt."

Zwei sommersprossige, kleine Burschen mit abstehenden Ohren tauchten neben ihr auf und zeigten stolz ihre Zahnlücken.

„Du hast hoffentlich bei euch oben nichts gehört, oder?", erkundigte sich Frau Siebensilb besorgt.

Frech grinsten die zwei Jungen Conrad ins Gesicht. Sie waren nur etwas älter als seine kleine Schwester Bibi.

Conrad verneinte lächelnd. Dann beugte er sich zu den Jungen und sagte so leise, dass nur sie es hören konnten: „Hallo, guten Tag, meine Herrn Pobeißer!“

Otti und Olli bekamen rote heiße Ohren und feuchte Hände.

Nachdem Conrad sich wieder aufgerichtet hatte, bemerkte er: „Ihre Söhne sind begnadete Dichter und Sänger. Sie reimen ganz vortrefflich. Los, ihr zwei, sagt eurer Mutti die schönen Gedichte, die ihr mir gestern aufgesagt habt. Eines beginnt mit: Wer stinkt so spät durch Nacht und Wind …“ Auffordernd richtete er die Spitze seines Schirmes auf die zwei.

Olli und Otti setzten leise fort: „… es ist ein Schneuzer, der kackt geschwind.“

„Was für ein außergewöhnlicher Reim“, lobte Conrad.

„Außergewöhnlich? Computerverbot für eine Woche“, entschied die Mutter.

„Nein, ich hätte einen besseren Vorschlag", mischte Conrad sich ein. „Meine kleine Schwester Bibi sucht dringend so nette Spielkameraden wie Ihre Söhne. Die beiden sollen heute noch unbedingt zu ihr zum Spielen kommen. Das ist doch möglich?"

Frau Siebensilb blickte wie gewöhnlich verwirrt. Die Jungen aber kannten Bibi, die sie schon öfter bedrängt hatte, mit ihr Puppen zu spielen. Olli sollte das Baby sein, das sie mit Brei vollstopfte, und Otti wollte sie in Windeln wickeln. Am liebsten verwendete Bibi nämlich lebende Puppen.

„Meine Frau Mama sagt immer: Ach, wenn doch die beiden reizenden Jungen aus der Wohnung unter uns zu Bibi auf Besuch kämen. Bitte, erfüllen Sie ihr diesen Wunsch."

„Bitte nicht. Lieber zwei Wochen Computerverbot! Und Fernsehverbot!", boten die Kleinen an. Wenn sie nur nicht zu Bibi mussten!

„Ich bringe sie später persönlich!", versprach Frau Siebensilb.

„Da wird sich meine Schwester aber freuen", erklärte Conrad. „Ich muss ihr gleich die gute Nachricht bringen."

„Bitte nicht!“ Otti und Olli rutschten auf den Knien vor ihrer Mutter, die aber kein Verständnis für dieses Benehmen hatte.

Conrad stieg zufrieden lächelnd die Treppe hoch in den dritten Stock. Links und rechts hatte er sich einen Hund unter den Arm geklemmt. Zweifellos waren Olli und Otti auch ferngesteuert. Der Außerirdische hatte die ohnehin schon unerträglichen Rabauken in zwei kleine Monster verwandelt. Aber die Begegnung mit Bibi würde sie bestimmt zähmen.

Wie gut es doch war, eine so heftige, bestimmte und selbstbewusste kleine Schwester zu haben!

Das Rätsel um die Stimme aus der Toilette war damit gelöst.

Conrad klingelte an der Wohnungstür. Er hörte Schritte und die Stimme seiner Mutter. „Jaja, Sie finden also nichts dabei. Ich verstehe. Ich finde … auch nichts dabei.“ Frau Schneuzer öffnete Conrad, den Telefonhörer zwischen Schulter und Ohr festgeklemmt.

Baggy und Trucker stürmten sofort in die Küche, wo Fressnapf und Wasserschale auf sie warteten. Der hungrige Conrad folgte ihnen. Seine Mutter verabschiedete ihren Gesprächspartner und legte auf. Das Funktelefon in der Hand wiegend kam sie ihm hinterher.

„Ich habe jetzt fast alle Kindergarten-Eltern angerufen. Bibi hat die Wahrheit gesagt."

„Welche Wahrheit? Dass ein anderer Junge rohe Regenwürmer gegessen hat?" Das war eine von Bibis Lieblingsgeschichten.

„Nein, dass alle diese Starsendung heute Abend ansehen. Du weißt schon, die Sendung, die Conny nie versäumt. In der alle möglichen Jungen und Mädchen Popstars werden wollen."

„Sabrina ist auch ganz verrückt danach", warf Conrad ein.

„Jeder ist verrückt danach. Jeder in dieser Stadt, der zwischen zwei und zweihundert Jahre alt ist." Frau Schneuzer ließ die vielen Zöpfchen, zu denen sie ihr Haar geflochten hatte, schwingen. Die Glöckchen an den Enden bimmelten fröhlich. „Nicht nur die Mädchen müssen das Finale sehen, sondern auch viele Jungen. Und sogar Eltern können es kaum erwarten. Ich glaube, ich muss es mir auch angucken."

Alle wollen die Sendung sehen, hallte es in Conrads Ohren nach. Auf einmal hatte er es sehr eilig. Er musste sofort mit seinen Hot-Dog-Freunden sprechen.

## ein Grashalm als Segel

Das Fernsehstudio lag hinter einem hohen Zaun, der streng bewacht wurde. Es war ein kantiger grauer Block, neben dem ein Wald von Antennen stand. Auf dem Dach reihte sich Satellitenschüssel an Satellitenschüssel. Die Büros waren gleich neben dem Studiobau in einem lang gestreckten Gebäude untergebracht.

FROHFUNK SÜD stand in riesigen Buchstaben auf der Dachkante. In der Nacht leuchteten diese Buchstaben sogar.

An diesem Tag hatte das Studiogelände einen zweiten Zaun bekommen. Er bestand aus Mädchen und ein paar Jungen, alle ungefähr im Alter der großen Schwestern der Hot Dogs. Sie drängten sich an den Gitterstäben und versuchten, einen Blick auf die beiden Mädchen und den Jungen zu werfen, die im Finale standen und auf dem Sprung zum Hitparadenstürmer waren.

Auch wer keine Ahnung hatte, wie die drei hießen, erfuhr es in Sekunden, wenn er zum Fernsehgelände kam.

„Mi-schu, Mi-schu, Mi-schu!“, rief eine Gruppe abgehackt.

„Was für Schuhe?“, fragte Mäx und schnitt eine verständnislose Grimasse.

Neben ihm stand ein Mädchen, das noch damit beschäftigt war, sich fertig zu schminken. Sie hatte seine Frage gehört und lieferte die Antwort.

„Mijou gilt als Favoritin, dabei singt jede quietschende Türe schöner!“

„Für wen bist du?“, wollte Mäx wissen.

Das Mädchen verdrehte die Augen und säuselte: „Ich halte die Daumen für Chriiiiiiis.“ Sie dehnte das I, als wollte sie einen Rekord darin aufstellen, es möglichst lange zu hauchen. „Chriiiiiiiiiiiis ist so süüüüüüüüüüüüüüüüüß!“

„Wäääää!“, warf ein Bursche mit langen Locken ein. „So ein Schmalztopf.“

„Bist doch nur eifersüchtig, weil du nicht so gut aussiehst!“, giftete ihn das Mädchen an.

„Gewinnen muss Mo!“, sagte der Junge. Das „Mo“ klang dunkel und geheimnisvoll.

„Diese Sumpfohreule?“, lachte das Mädchen auf. Zu den Hot Dogs sagte sie erklärend: „Sie malt sich immer schwarze Ringe um die Augen und singt wie ein Uhu.“

Die Hot Dogs hatten den Zaun erreicht. Das heißt, sie kamen nur bis auf zehn Meter heran, so dicht gedrängt standen hier die Fans.

Robbi stöhnte. „Oh, du verstopfte Düse, du!“

Sie mussten hinein. Die Hot Dogs hatten die Kleinigkeit zu erledigen, die nötig war, um eine ganze Stadt vor der Macht des Außerirdischen zu retten. Gelang es ihm, in die Ausstrahlung der Fernsehsendung etwas zu schmuggeln, das wie das Computerspiel wirkte und mit Hilfe der Blitze Empfänger in den Zusehern erzeugte, so hörte morgen die ganze Stadt auf sein Kommando.

„Hast du Falle mit?“, wollte Jian-Dong von Robbi wissen.

„Ja, habe ich.“ Robbi zog aus einer Seitentasche seiner Hose das flache, längliche Kästchen, das Popcorn ihnen geschickt hatte. Es war aus einem metallischen Material, das sich kühl und sehr widerstandsfähig anfühlte, aber nicht schwer war. An der schmalen Seite hatte das Kästchen eine runde Öffnung mit Irisverschluss, wie ihn auch Fotokameras haben. Die Teile dieses Verschlusses konnten sich verschieben und bildeten so ein rundes Loch, das sich schnell vergrößern und wieder verkleinern konnte.

Conrad in seinem dunklen Anzug wirkte zwischen den Mädchen und Jungen in Jeans und bunten Pullis wie ein grünes Küken zwischen lauter gelben.

Robbi überlegte laut: „Wie kommen wir hinein? Wo finden wir den Außerirdischen? Wie fangen wir ihn am besten ein?“

Mäx trug eine Jeansjacke, die er sich von Robbi geborgt hatte. Die Jacke hatte, wie alle Kleidungsstücke seines großen Bruders, eine große Anzahl an Taschen. In denen steckten verschiedene Ausrüstungsgegenstände, die sie von Popcorn schon für frühere Aufträge erhalten hatten und die jetzt nützlich sein konnten. Die Teile wogen schwer und ließen die Jacke unförmig an Mäx herunterhängen.

„Hast du auch die richtigen Sachen dabei?“, fragte Conrad.

Mäx ging sie im Kopf durch: Da war der harmlos

aussehende Klebestift, der eine unzertrennbare Verbindung herstellen konnte, dann der Gameboy, der außerirdische Energie aufspürte, der Radiergummi, der Gegner k. o. gehen ließ, der Bleistift, der fliegen konnte und sich auf Pfiff steuern ließ, ein Handscheinwerfer, der Hologramme ausstrahlte, das Hypnoseheft: Wer darin las, glaubte alles, was dort geschrieben stand; die Babyrassel, die in Wirklichkeit ein Schneidewerkzeug war, das sogar Beton durchtrennte, der Zeitstopper, der für alle außer für die Hot Dogs die Zeit anhielt, und die Brillen, mit denen man in Taschen und durch Wände sehen oder Juckanfälle bei Menschen auslösen konnte.

„Mit unserer Ausrüstung sind wir so gut wie drin", erklärte Mäx. Stolz verkündete er, was er sich unterwegs ausgedacht hatte: „Wir stoppen die Zeit, kleben alle Schuhe der Wachmänner auf dem Boden fest, rennen in das Studio und suchen mit

dem Aufspürgerät den Außerirdischen. Draußen lasse ich den Bleistift fliegen, der alle pikst."

Robbi schnitt eine genervte Grimasse. Er mochte es nicht, wenn ein anderer auch Ideen hatte. Er war der Anführer und nur er gab Befehle aus. Leider musste er zugeben, dass Mäx' Überlegungen gut waren.

„Wozu das Gepikse?", wollte er wissen.

„Weil's mir Spaß macht!", kicherte Mäx.

„Kleiner, wirklich, putz dir die Düse durch!", ermahnte Robbi ihn.

Die Einfahrtsschranke und das Wachhäuschen waren von zehn Männern bewacht, die breit wie Kleiderschränke waren, Muskeln aus Stahl hatten, schwarze Brillen trugen und alle einen kleinen Kopfhörer im Ohr stecken hatten, über den sie Befehle bekamen. Sie teilten die Wartenden und drängten sie mit zur Seite gestreckten Armen nach hinten.

Ein grünes Auto fuhr vor. Nicht gerade eine Luxuslimousine, aber trotzdem johlten die Fans auf. Aus dem Wagen aber stieg keiner der Stars. Sieben dünne Mädchen sprangen ins Freie, schulterten Sporttaschen und eilten zur Absperrung.

„Wir sind die Tänzerinnen, erster Schwung, der Rest kommt gleich!", erklärte eines der Mädchen. Sofort wurden sie eingelassen.

Die Hot Dogs standen genau hinter dem breiten schwarzen Rücken eines Wachmannes.

Neben Mäx begann ein Junge zu pfeifen. Er hatte die gebogenen Finger in den Mund gesteckt und stieß schrille Pfiffe aus. Der pfiffgesteuerte Bleistift wurde dadurch aktiviert und griff an. Die Spitze bohrte sich durch den Stoff der Jacke direkt in das Hinterteil des Wachmannes.

„Oitsch", quiekte der mit überraschend hoher Stimme. Er fuhr herum und ertappte Mäx dabei, wie er den Bleistift zurückriss und verschwinden lassen wollte.

„Haben wir da einen Scherzbold?", knurrte der Wachmann, packte Mäx am Handgelenk und zog ihn mit sich. Hilfe suchend drehte Mäx sich zu den anderen um. Robbi wollte sofort hinterher und seinen Bruder retten, aber vor ihm schloss sich die Mauer aus Fans. Er wurde für das Drängeln beschimpft und bekam einige Rippenstöße und Boxhiebe ab.

„Mäx!", rief er laut über die Köpfe.

Mäx hörte es nicht, weil eine lange weiße Limousine anrollte, das Fenster heruntergefahren wurde und das lange Gesicht eines Jungen herauslächelte.

„Chriiiiiiiiiiiiiiiiis!“ Das Kreischen der Mädchen hätte bestimmt einen ganzen Glasschrank zerspringen lassen können.

Jian-Dong war schon versucht, sich mit Karatehieben einen Weg zu bahnen. Als ihn aber der warnende Blick eines der anderen Wachmänner traf, ließ er es doch bleiben.

„Hohoho, Cousin Jian-Dong!“, tönte es hohl hinter ihm. Scheinbar mühelos bahnte sich sein Cousin Hong einen Weg durch die drängende Menge. Seinen mächtigen Bauch setzte er dabei wie eine Dampfwalze ein, der alle lieber schnell auswichen.

„Cousin Jian-Dong, du hier¿“

„Cousin Hong, du hier¿“, echote Jian-Dong.

„Montschi muss siegen. Ich mag Montschi“, schmatzte Hong und nickte dabei heftig.

„Meint er Mijou¿“, wollte Conrad wissen.

Jian-Dong fiel ein, was sein Großvater immer sagte: „Selbst mit einem Grashalm kannst du über

das Meer segeln, wenn du ihn nur richtig in den Wind hältst.“ Der Grashalm der Hot Dogs hieß Hong.

„Dort, dort ist Mijou. Dort im Häuschen!“, rief Jian-Dong. Er deutete in die Richtung, in die Mäx weggebracht worden war.

Wie ein Hund, dem jemand ein Stöckchen geworfen hatte, sprang Hong los. *Boing-boing-boing*, mit dem Bauch schubste er alle aus dem Weg. Selbst der Wachmann, der sich ihm in den Weg stellte, bekam einen Stoß des Kugelbauches ab.

„Wenn Sie mich greifen an, dann heule ich!“, drohte Hong.

Der Wachmann verzog verwirrt und ratlos den Mund.

In seinem Windschatten segelten die drei Hot Dogs mit, bis sie das kleine Häuschen neben der Schranke erreicht hatten. Sofort drängten drei Wachmänner in schwarzen Hosen und blauen Hemden heraus und wollten sie fortschicken.

„Ich muss zu meinem kleinen Bruder!", erklärte Robbi.

„Er hat versucht, einen unserer Männer niederzustechen!", sagte der größte der Wachmänner barsch.

„Er wollte doch nur ein Autogramm und hat den Stift bereitgehalten. Ihr Kollege hat sich auf den Stift gesetzt!", flunkerte Conrad gekonnt.

„Und Mäx braucht seine Medizin, sonst wird er ohnmächtig!", setzte Robbi noch eins drauf.

In diesem Moment wurde Mäx herausgeführt. Er sah verändert aus. Robbi erkannte auch sofort den Grund dafür: Man hatte ihm die Jacke mit der Ausrüstung der Hot Dogs abgenommen. Wie sollten sie jetzt den Außerirdischen fangen?

„Montschi? Wo ist Montschi?", fragte Cousin Hong ungeduldig. Er stampfte fest auf, traf dabei die Zehen des Oberwachmannes und richtete damit allen Ärger und alle Wut der Männer auf sich.

Stumm deutete Mäx in das Häuschen, wo seine Jacke an einem Haken hing.

„Weg jetzt!“ Der Wachmann, den der Bleistift ins Hinterteil gestochen hatte, wollte sie fortscheuchen.

Da spürte Robbi auf einmal etwas, das ihn auf eine Idee brachte. Er tastete Mäx an den Bauch und grinste.

„Hab ich vergessen auszuziehen“, jammerte Mäx.

Beide Jungen trugen unter den Hosen noch immer die Trikots und Tutus.

„Hosen runter!“, befahl Robbi.

Mäx starrte ihn ungläubig an.

Um ihm vorzuführen, was er meinte, riss Robbi sich die ausgebeulte Leinenhose herunter und zupfte das Tüllröckchen hoch.

„Wir müssen hinein, wir sind die beiden Ersatztänzerinnen!“ Es war sicher die dreisteste Lüge seines Lebens.

„Tänzerin?“ Dem Wachmann pressten sich die Augäpfel gegen die Innenseite der Sonnenbrille.

„Ja, wir sind Jungs, aber wir springen immer ein, wenn es nötig ist."

„Peinlich!", meinte der Wachmann und schob sich einen Kaugummi in den Mund.

„Und jetzt müssen wir unbedingt zur Probe!", drängte Robbi.

Mäx, der auch sein Tutu zeigte, nickte bekräftigend.

„Dann rein mit euch, und nächstes Mal sagt das gleich!" Für die beiden war der Weg frei, leider aber nicht für Conrad und Jian-Dong.

„Besorgt die Jacke", raunte Robbi ihnen zu.

Das war leichter gesagt als getan.

## Autsch!

Das Fernsehstudio war so groß wie eine Fabrikhalle. Von der Decke hing ein Wald aus Scheinwerfern, der auf eine Bühne gerichtet war, die die Form einer mehrstöckigen Hochzeitstorte hatte. Es wimmelte wie in einem Ameisenhaufen. Alle Leute liefen mit schrecklich wichtigen Gesichtern herum, Kommandos wurden quer durch die Halle gerufen, aus Lautsprechern bellte ein Mann, der sich irgendwo außerhalb befinden musste und der alles sah. Tänzerinnen und Tänzer, alle in Trainingsanzügen und mit jeder Menge gestrickter Bein-, Puls- oder Halswärmer, machten wilde Verrenkungen, um sich aufzuwärmen.

Robbi und Mäx, beide wieder in Hosen, die Tutus schamhaft versteckt, lauerten hinter einer verwaisten riesigen Kamera und verfolgten das emsige Treiben aufmerksam.

Wo war der Außerirdische?

Wie sollten sie ihn ohne ihr Hilfsgerät aufspüren?

Mäx stieß seinen Bruder in die Seite. „Du bist das Technik-Genie. Wo wird der Außerirdische zuschlagen?"

Robbi zupfte an seinem Haarkamm, der an diesem Tag schon ziemlich zerzaust war. Er hatte schon einmal an einer Führung durch das Fernsehstudio teilgenommen. Dabei war ihnen ein dunkler Raum gezeigt worden, in dem sich Monitor an Monitor reihte. Jeder zeigte das Bild, das die zugehörige Kamera aufgenommen hatte, und der Regisseur konnte aussuchen, welches auf Sendung gehen sollte. Wenn der Außerirdische sich dort einschlich, könnte er während der Livesendung seine Signale losschicken.

„Komm!" Robbi zog Mäx aus dem Studio zu einer dunkelblau lackierten Metalltür. Er musste sich mit beiden Händen an die Klinke hängen, um sie aufzuziehen. Eisgekühlte Luft schlug ihnen entgegen. Aus zahlreichen Lautsprechern drang eine Kakofonie der Geräusche aus dem Studio. Fetzen von Musik dröhnten, dann wieder irgendwelche Stimmen. In das Ganze mischte sich Poltern und Krachen von Mikrofonen, gegen die geschlagen wurde.

An einem langen Pult voller Schalter, Schieberegler, Knöpfe und Hebel hockten zwei Männer, die sich die Haare rauften. Der eine biss gerade aus Verzweiflung in die Schaumgummihaube eines Mikrofons, das er aus einem metallenen Schwanenhals auf dem Pult gezogen hatte. Der andere Mann schnaufte in einem fort: „Sind denn hier alle bekloppt? Alle bekloppt? Alle bekloppt?“ Es klang wie ein Teil eines Liedes.

Aus einem Plastikbehälter wuchs eine Zimmerpflanze mit lederartigen Blättern. Sie war wohl schon lange nicht mehr gegossen worden, denn die wenigen Blätter hingen schlapp herab.

Der „Sind-denn-hier-alle-bekloppt“-Mann bemerkte die Jungen und fuhr sie an: „Was habt ihr hier zu suchen?“

Robbi brachte kein Wort heraus. Das passierte ihm manchmal, wenn er so heftig angeschnauzt wurde. Mäx aber, den kaum etwas aus der Ruhe brachte, erklärte mit strahlendem Lächeln: „Sie sollen es sagen."

„Was?"

„Ob es so besser ist …?" Er sprang hoch, landete auf den Fußsohlen und den Fingerspitzen, die er nach hinten weggestreckt hatte, wirbelte wie ein Kreisel, sprang auf den Kopf und drehte sich viermal, bevor er wieder in die Höhe schnellte und aufrecht stand. „… oder besser so?" Mäx machte die gleiche Übung, aber mit mehreren Drehungen und einem Salto rückwärts am Ende.

Selbst Robbi war beeindruckt.

Der Mann sah Mäx ratlos an.

„Besser, wozu?"

Die Zimmerpflanze raschelte mit den Blättern, als wäre ein Windstoß durch den Regieraum gefahren. Allerdings wehte nicht der leiseste Lufthauch.

Robbi, der einen Schritt entfernt stand, beäugte die Pflanze argwöhnisch.

Der Schaumgummikappenbeißer drückte eine Taste und raunzte: „Girls, Boys, Aufstellung. Probe. Macht endlich. Bewegung. Falls es jemand noch nicht weiß: Hier spricht euer Regisseur und neben mir sitzt derjenige, der die ganze Show produziert und jede Menge Kohle hineingesteckt hat. Ist das klar, Mann?“ Er seufzte, als wäre ohnehin alles längst verloren.

Die Pflanze bestand aus mehreren dünnen Stämmen, von denen sehr zarte, lange Zweige wegführten, die sich sogar unter dem Gewicht einzelner Blätter bogen.

Robbi wurde Augenzeuge, wie ein paar dieser dünnen Ästchen sich nach seinem Hosenbein ausstreckten wie die langen Finger eines Taschendiebs.

Sollte …? War das …? Könnte das …?

Noch immer standen sich Mäx und der Mann, der sich mittlerweile als Produzent der Show vorgestellt und trotzdem keine Ahnung hatte, was Mäx von ihm wollte, gegenüber.

„Ablenken, lenk beide ab! Sollen nach vorne gucken!“, raunte Robbi ihm zu.

Mäx nickte so leicht, dass nur Robbi die Bewegung wahrnahm.

Die Zweige tasteten gierig über die kleinen und großen Taschen an Robbis Hosenbein. Es kitzelte und Robbi musste sich zwingen, ruhig stehen zu bleiben. Wenn das der Außerirdische war, was wollte er von ihm? Und wie konnte er ihn unschädlich machen?

„Also jetzt aber wirklich, was ist besser?“ Zwischen dem Pult und den Monitoren war ein breiter Schlitz. Mäx kroch unter dem Tisch durch und tauchte im Schlitz wieder auf. Er stellte sich genau vor die Mattscheibe, auf die der Regisseur starrte, streckte die Arme so hoch er konnte und wackelte wild herum.

„He, weg da!“, bellte der Regisseur. Natürlich blieb Mäx stehen. Der Produzent stand auf, packte einen Stapel Papier und versuchte, ihn damit zu verscheuchen wie eine Fliege.

Die Stämme der Pflanze hatten sich bereits zu Robbi geneigt. Ihre Spitzen musterten die Hose wie Augen. Ein besonders

vorwitziges Ästchen bohrte sich in die größte der Taschen, die mit einer Lasche und einem Knopf verschlossen war.

Es war die Tasche, in der Robbi das Fanggerät für Wesen mit hohen technischen Fähigkeiten trug. Es schien den Außerirdischen anzulocken. Still stehen zu bleiben und ihn gewähren zu lassen, war für Robbi gleichzeitig Mut- und Geduldsprobe.

Die Pflanze gab schnuppernde Geräusche von sich, hatte aber Probleme, den Knopf zu öffnen. Im Zeitlupentempo beugte sich Robbi hinunter. Sofort sausten die Stämme zurück und streckten die Ästchen zur Seite, als wären sie hart und fest.

Alles verloren. Chance vertan. Robbi fluchte im Stillen. Trotzdem drückte er den Knopf durch das Knopfloch und zog sehr langsam das flache Kästchen heraus. Lockend streckte er es dem Grünzeug entgegen.

Aber die Äste und Zweige schienen nicht mehr daran interessiert zu sein.

Robbi drückte den kleinen Knopf, der das seitlich gelegene Loch öffnete. Dann legte er das Kästchen neben den Plastikbehälter auf den Boden und machte drei Schritte zur Seite. Er tat, als würde ihn nicht interessieren, was nun geschah.

Regisseur und Produzent kämpften verzweifelt gegen Mäx, der eine Clownnummer aufführte. Ständig tauchte er im Schlitz ab, um einen Meter weiter links oder rechts gleich darauf wieder aufzutauchen und Grimassen zu schneiden. Das Pult war zu tief, die beiden Männer konnten ihn nicht erreichen.

Robbi kehrte der Pflanze den Rücken zu, spähte aber unauffällig über die Schulter nach hinten. Die braunen Stämme hatten sich nach vorne geneigt wie jemand, der eine bodentiefe Verbeugung machte. Von den Zweigen tropfte brauner Brei. Die Pfütze auf dem Boden wuchs.

Aber nicht nur das. Die Pflanze lebte. Sie kroch langsam dahin und strebte vorsichtig dem Loch im Fallenkästchen zu. Vorne wuchs aus der Pfütze ein langer, dicker Faden, der in die Öffnung linste und zögerte.

Mittlerweile hatte sich die Pflanze bis auf einen kleinen Stumpf aufgelöst. Auch der wurde weich und schnellte wie Gummi über den Rand des Topfes. Jetzt hatte der Außerirdische wieder seine ursprüngliche Gestalt angenommen, in der er auf die Erde gekommen war.

Um Hilfe zu holen, drehte sich der Regisseur um, stieß dabei gegen Robbi und folgte seinem Blick auf den Boden. Er bemerkte die Pfütze, sah hoch zu Robbi, tippte sich mit dem Finger dreimal gegen die Stirn und sagte: „Hast du ein Leck, Mann? Oder was, Mann?“

Robbi grinste nur, beobachtete dabei aber, wie die Pfütze immer tiefer in die Falle kroch.

„Mann, das putzt du weg. Aber flotziki!“ Der Regisseur wollte Robbi aus dem Raum scheuchen. „Krall dir Besen, Eimer und Lappen, klar, Mann?“

Nein, in diesem Moment durfte Robbi den zerflossenen Außerirdischen nicht aus den Augen lassen. Sobald er zur Gänze in der Falle verschwunden war, musste er die Öffnung verschließen. Es konnte jeden Augenblick so weit sein.

„Äh … das ist … von oben getropft!“, flunkerte er.

Der Regisseur sah zur Decke. „Sehe nichts.“

„Nein, es ist aus der Wand gekommen!“

„Jupiduuuu!" Mäx gebärdete sich, als hätte ihn die Wahnsinnswanze gebissen. Noch immer führte er einen so wilden Tanz vor den Monitoren auf, dass Thekla aus der Tanzschule bestimmt stolz auf ihn gewesen wäre.

Nur noch ein kleines Restchen Außerirdischer war im Freien.

„Es reicht, ich rufe den Sicherheitsdienst!", explodierte der Regisseur. Er riss einen Telefonhörer vom Apparat an der Wand und hieb ungeduldig auf die Tasten ein.

„Abzug, gleich!", warnte Robbi seinen Bruder.

Der letzte Tropfen der ekeligen außerirdischen Masse schlüpfte in das Kästchen. Robbi ging in die Knie, packte die Falle und presste den Daumen auf die Öffnung. Der Außerirdische aber witterte sofort die Gefahr, verwandelte ein Stückchen von sich in hartes, spitzes Holz und stach Robbi in den Daumen.

„Auuuuuuuuu!", stöhnte Robbi auf. Mit zusammengebissenen Zähnen presste er den Finger weiter auf das Loch. Mit der anderen Hand tastete er nach dem Knopf, der die Falle verriegelte. Er fand ihn nicht. Vielleicht auf der anderen Seite?

Vom Gang waren schwere Schritte zu hören, die sich rasch näherten.

„Tempo, Mann, befreit uns von diesen Irren!“, schrie der Regisseur.

Mäx und Robbi saßen in der Falle.

Immer fester stach der Außerirdische zu. Robbi fürchtete um seinen Daumen, glaubte, der spitze Pflock müsste ihn gleich durchbohren.

In der Tür erschien einer der Wachmänner. Er füllte den gesamten Türrahmen aus, sodass kein Licht mehr von draußen hereinfiel.

Der Knopf. Robbi hatte ihn ertastet und drückte ihn mit letzter Kraft. Ein Surren in der Falle. Unerbittlich schloss sich der Iris-Verschluss, das Loch wurde kleiner und kleiner. Die oberste Spitze des Holzes wurde dabei sogar abgeschnitten. Sie fiel zu Boden, verflüssigte sich, kullerte als großer Tropfen herum, fand den Rest aber nicht mehr und verdampfte deshalb zu einer kleinen graubraunen Wolke.

Triumphierend presste Robbi die Falle an sich.

Der Wachmann packte ihn an der Schulter, als wollte er ihm die Finger durch das Fleisch treiben.

„Und du kommst auch mal her, Bürschchen!“,

knurrte er in Mäx' Richtung. Gleichzeitig bellte er in ein kleines Mikrofon am Jackenaufschlag: „Verstärkung auf Regieplatz. Polizei alarmieren."

Das war das Ende.

Robbi hatte ein Gefühl, als wäre der Film gerissen, in dem er sich befand.

## Was weiter geschah:

**Das große Finale:** Gewonnen hat weder Chriiiiiiiiiis, noch Mooooo mit dem dumpfen Oooooooo, sondern Mijou, die Mischu ausgesprochen wurde. Es lag weniger an ihrem Gesang als an einem Streit zwischen den anderen beiden Teilnehmern. Sie gerieten sich auf offener Bühne in die Haare. Chriiiiiiis drehte durch, weil Mooooooo ihm die gegelten Strähnen verstrubbelte. Worauf er Moooooo vor laufender Kamera eine Moorleiche mit Gruftifaktor zehn nannte. Da beide disqualifiziert wurden, hieß die Siegerin Mijou.

**Die Rettung:** Es war nicht der Film gerissen, wie Robbi dachte. Es war die Zeit stehen geblieben. Conrad war es gelungen, Mäx' Weste mit der Agentenausrüstung aus dem Portierhäuschen zu holen. Jian-Dong hatte vor den Augen der Wachmänner eine Yogaübung gemacht, bei der er die Beine im Nacken verschränkte und die Arme verknotete. Dann aber hatte er behauptet, nicht mehr aufstehen zu können, wenn er nicht seine Medizin bekam, die die Verwicklung löste. Diese Medizin befände sich jedoch in Mäx' Jacke. Kaum hatte Conrad sie holen dürfen, betätigte er den Zeitstopper. Das Gekreische der Fans riss ab. Alle standen mit weit geöffnetem Mund da, als wären sie bei einer Massenzahnarztuntersuchung. Mäx und Robbi konnten aus dem Regieraum flüchten, und erst als alle vier Hot Dogs weit genug von dem ganzen Rummel entfernt waren, ließen sie die Zeit wieder weiterlaufen.

**Herr Mäpper:** Die Fernsteuerung schien ihn fix auf die letzte Einstellung programmiert zu haben. Der lachende Ausdruck des Gesichts, den Mäx und Robbi im kleinen quadratischen Fensterchen der Fernsteuerung gesehen hatten, prangte ab jetzt immer im Antlitz des Lehrers. Das hieß: Er strahlte wie der Vollmond und bedankte sich überschwänglich, wenn ein Schüler auch nur annähernd die richtige Antwort gab.

**Der Außerirdische:** Er wurde von der AAA abgeholt, und im Gegenzug erhielten die Hot Dogs einen kleinen Koffer. Sie waren an diesem Abend zu müde, um ihn zu öffnen, und ließen ihn deshalb bis zum nächsten Tag stehen. Als sie ihn dann aber aufmachten, war ihre Überraschung groß: Popcorn hatte Geld geschickt. Nicht gerade wenig. Bei seinem nächsten Anruf lobte er sie für die großartige Leistung und betonte, dass sie sich das Honorar wirklich verdient hätten.

Mäx und Robbi konnten ihrer Mutter den Strohhut kaufen, den sie sich schon so lange wünschte. Conrad erstand einen Regenschirm mit Silberknauf in Totenkopfform, Jian-Dong war stolz auf seinen neuen Karateanzug. Da er großzügig war, kaufte er für seinen Cousin Hong eine CD mit den Songs seiner angebeteten Mijou.

**Die Lehrer-Fernsteuerung:** Sie ist noch immer im Besitz von Robbi. Bestimmt findet sie bald wieder Einsatz. Falls ihr auch Bedarf habt, meldet euch einfach bei ihm.

# Das war's für diesmal

Hallo Jungxxxx!

Die Hot Dogs hatten etwas gelernt: Ein Grashalm wird zum Segel, wenn du ihn nur richtig in den Wind hältst. Das will heißen: Nicht ärgern, sondern einfach das Beste daraus machen.

Mädchen, wenn ihr tatsächlich bis hierher gelesen habt, dann verabschiedet euch schon einmal von eurem rechten Ohr und der linken großen Zehe. Beides wird euch von einem Außerirdischen abgefressen werden, der bereits im Anflug zur Erde ist. Die einzige Rettung sind die Hot Dogs. Ihr könnt sie ja bitten, euch zu helfen. Ich lege gerne ein gutes Wort für euch ein.

Es hat wieder Spaß gemacht, ein Abenteuer voller Quatsch zu schreiben, und eine Lehrer-Fernsteuerung hätte ich früher auch gerne gehabt.

Bis demnächst,

Euer

# DIE KÜRZEL DER HOT DOGS

| | |
|---|---|
| AAAaaaaaaa! | = Außerirdischen-Angriffs-Alarm- (die restlichen aaaaaaaas stehen für einen verzweifelten Schrei) |
| ASUP | = Antworte schnell und präzise |
| BWD | = Bin wieder da |
| CB | = Ciao Bello! |
| CU@SCHOOL | = Wir sehen uns in der Schule |
| DBIS | = Die Bambusfolter ist schlimmer |
| DVD | = Diese verfluchte Disk |
| DWB | = Dumm wie Brot |
| END | = Einfach nur doof! |
| FOF | = Freund oder Feind? |
| GNGN | = Geht nicht gibt's nicht |
| HIAS | = Habt ihr auch Schiss? |
| KAS | = Komm auf der Stelle! |
| KC | = Keep cool |
| KOSP! | = Komme später! |
| MDD | = Mutti dreht durch |
| MUMIDIRE | = Muss mit dir reden |
| NIDAWI! | = Niemand darf's wissen! |
| SCHLEK | = Schleimmonster kommen |

| | |
|---|---|
| SG | = Schon gehört? |
| TP7 | = Treffpunkt sieben Uhr |
| TWU | = Treffen wir uns? |
| VDD | = Vati dreht durch |
| WIWAZ | = Wir werden's allen zeigen! |
| ZZ | = Zähne zusammenbeißen |

# Thomas Brezina

schreibt jede Menge lustige Familiengeschichten, aufregende Abenteuer und spannende Krimis, weil das für ihn das Schönste auf der Welt ist. Seine Bücher sind bisher in 33 Sprachen übersetzt und werden in Spanien, Frankreich, China, Russland, Brasilien und vielen anderen Ländern gelesen. Thomas sagt: „Ich möchte wie einer dieser Geschichtenerzähler sein, die früher von Burg zu Burg gezogen sind. Ich stelle mir immer vor, dass ich vor vielen Menschen stehe und meine Geschichten erzähle, und genauso schreibe ich sie auf."

Für das Fernsehen verfasst und präsentiert er die Wissenschaftssendung „Forscherexpress" und die interaktive Krimiserie „Tom Turbo", zu sehen auf ORF und NICK, auf SuperRTL ist er in der „Spielegalaxie" zu sehen. Seine Bücher und Sendungen wurden weltweit bereits vielfach ausgezeichnet.

Schulprojekte, z. B. in Afrika, sind ihm sehr wichtig, da sie Kindern dort eine lebenswerte Zukunft ermöglichen. Als UNICEF-Botschafter Österreichs hat er vor einiger Zeit solche Projekte in Ghana, Westafrika, besucht.

Mehr über Thomas und Tipps für Referate auf der Homepage www.thomasbrezina.com.

**Betina Gotzen-Beek**, die als freie Illustratorin in Freiburg lebt und schon viele Kinderbücher illustriert hat, hat auch für dieses Buch die zauberhaften Zeichnungen gemacht.

**Bibliografische Information Der Deutschen Bibliothek**
Die Deutsche Bibliothek verzeichnet diese Publikation in der Deutschen Nationalbibliografie; detaillierte bibliografische Daten sind im Internet über http://dnb.ddb.de abrufbar.


verlegt durch EGMONT Verlagsgesellschaften mbH,
Gertrudenstraße 30–36, 50667 Köln

Titelbild und Illustrationen: Betina Gotzen-Beek
Druck/Bindung: Ebner & Spiegel, Ulm
ISBN 978-3-505-12285-9

07 08 / 9 8 7 6 5 4 3 2 1